恋しるこ

料理人季蔵捕物控

和田はつ子

時代小説文庫

角川春樹事務所

目次

第一話　師走魚

一

江戸の師走《しわす》は昼過ぎてちらつく小雪と、往来を行き来する忙《せわ》しない商人たちの下駄の音ではじまる。

日本橋は木《き》原店《はらだな》の塩梅屋《あんばいや》では、このところ、毎年、師走に限って、何より財布に優しく、身体《からだ》が温まる昼餉《ひるげ》で客たちをもてなしていた。

霜月《しもつき》も残り少なくなったある日、塩梅屋では主《あるじ》の季蔵《としぞう》、看板娘のおき玖《く》、下働きの三吉《さんきち》が額を寄せ合っていた。

「材料が安くて美味《おい》しくて、お腹《なか》に溜《た》まって、うんと満足してもらえるものってないものなのかしらね」

おき玖はこめかみの辺りを指で押さえた。

毎年、只《ただ》同然で振る舞うこのもてなしには頭を痛める。

「今時分はみんな疲れてるから、きっと甘いもんが欲しい。牡丹餅《はたもち》なんてどうかな」

三吉自身甘いものに目がなかった。

「牡丹餅は小豆餡《あずきあん》に砂糖に餅米がなきゃできないでしょ。どれも値が高いものばかりじゃないの」

おき玖が呆《あき》れ、

「これはたしかにむずかしい」

季蔵は両腕を組んでいた。

この時、

「お邪魔します」

戸口の開く音がして、嘉月屋《かげつや》の主嘉助《かすけ》が、人並み外れて小柄な身体を、すいすいと泳がせるようにして入ってきた。

嘉月屋は元禄《げんろく》（一六八八～一七〇四年）から続く老舗《しにせ》の菓子屋である。

そして、主嘉助は、菓子を極めるためにだけ生まれてきたような男であった。味わうことはもとより、さまざまな工夫の仕方や謂《いわ》れ等、とにかく、菓子と名のつくものに対しての興味が尽きないのである。

季蔵との縁が深まったのは、〝早水無月《はやみなづき》〟と呼ばれている、いわくのある料理を拵《こしら》えてからである。

餅米の粉、小麦粉や上新粉、葛粉《くずこ》と甘く煮た小豆を混ぜ込んだり、載せたりして蒸し上げた外郎《ういろう》の食味が、無病息災を祈る水無月という菓子である。

粉物を蒟蒻《こんにゃく》に変え、蒸さずに切り分けて、煮て砂糖をまぶした小豆を載せたものが、口取りの肴《さかな》にもなる〝早水無月〟であった。

嘉助は商売熱心ではあったが吝嗇《けち》ではなかった。塩梅屋が菓子屋ではないせいもあったが、菓子作りの大好きな三吉が教えを乞いに訪ねると、こと細かに親切に指導してくれている。

嘉月屋嘉助は義理のある相手であった。

「三吉ともどもお世話になっております。すぐにお茶を」

おき玖は緊張した面持ちで井戸端へ水を汲《く》みに走った。

「いつもすいません」

三吉はぺこりと頭を下げ、

「お立ち寄りいただいてありがとうございます」

季蔵は三吉よりも深く頭を下げた。

「前触れもなく、こんな時分にお邪魔するのは気が引けたんですけど、どうにも、気持ちが落ち着かなくて――」

嘉助はおき玖が淹《い》れた熱すぎない茶を一気に飲み干した。

白髪の混じった頭の少年のような童顔がうっすらと赤らんでいて、その目はきらきらと輝いている。

「何やら、良いことがあったご様子ですね」

季蔵が微笑《ほほえ》みかけると、

「駿河《するが》町の両替屋千田屋《せんだや》さんのお嬢さんがお婿《むこ》さんを迎えるんですよ。祝言は梅の頃です。千田屋さんといえば、たいそうな食通の上菓子好きで、長くご贔屓《ひいき》にしていただいていま す。ついては祝言の引き出物の一つに、百珍菓子料理の重箱を作ってほしいとおっしゃっていただきました。趣味でならともかく、仕事でこんな凄《すご》いことをさせてもらえるんだと思うと、もう、菓子屋冥利《みょうり》に尽きて、かーっと身体が熱く燃えてきまして――」

嘉助はこの寒さだというのに鼻の頭に汗を掻《か》いている。

百珍物とは一つの素材で、百種類の調理法を記したものである。中には、茹《ゆ》でて潰《つぶ》した唐芋に、砂糖と菜種油、ツンと角が立つまで泡立てた卵白を加えて蒸し上げた〝カステラいも〟、叩《たた》いたかつおの身を酒、醬油《しょうゆ》で調味し、すり下ろした生姜《しょうが》で臭みを消して団子状にする〝かつお団子〟のように、菓子の色かたちや製法を模した料理が見られる。

――これらは菓子を模して料理として作られた早水無月と同じだ。菓子を極めて料理に分け入ろうとしている、嘉助さんの真骨頂ではないか――

季蔵は打たれるものを感じて、

「そういえば、〝婦の焼豆腐〟などというものもありますね」

先代が遺した日記の一部を思い出していた。

ふのやきは千利休が好んだ菓子で、小麦粉を水で溶いて鉄板で薄く焼き、甘く味付けした味噌《みそ》等を塗って巻いて作る。

「〝婦の焼豆腐〟は、ふのやきばむ（海鰻《あなご》）とも言います。江戸では裏漉《うらご》しした豆腐、上方では摺《す》った海鰻に葛を加えて薄く焼き、四方から白身魚や海老《えび》等を包んだ料理です」

嘉助が百珍物の菓子料理に精通しているのは言うまでもなかった。

「何かお手伝いできることでもございましたらおっしゃってください」

季蔵が告げると、

「本当ですか？」

嘉助は身を乗り出した。

「わたしでお役に立てることでしたら何なりと――」

そうは言ったものの、季蔵は心の中で首をかしげていた。

――嘉助さんの趣味は、あの早水無月以来、菓子を模した料理、または料理を模した菓子だと三吉から聞いている。今更、わたしなどが手を貸す必要などないはずだ――

「実は師走の半ばに千田屋さんのご主人の祥月命日があるのです。来春早々の婚礼に先がけて、法要を営むことになっているのですが、是非とも、その折の料理を塩梅屋さんにお願いできないものかと――」

――ああ、なるほど――

ようは嘉助は、自分の趣味の極みである百珍菓子料理を注文してくれた千田屋に、返礼をしたいのだと季蔵は半分だけ得心がいった。

「有り難いお話ですが、千田屋さんともなれば、たいそうな料理屋さんとも御縁があるはずです」

千田屋の親戚筋《しんせき》といえば、士分や富裕層が集まるはずで、なにゆえ、木原店のしがない居酒屋の塩梅屋の名が挙がったのかわからない。

「少しめんどうなことになっておりまして――」

嘉助は初めて眉《まゆ》を寄せた。

「どうか、お話しください」

「たしかに千田屋さんが贔屓になすっている料理屋は、大店の主たちは言うまでもなく、大身《たいしん》の御旗本や幕府の御重臣方までもが足を運ばれる店です。なので、この手の店はとかくこれです」

嘉助は高くない鼻の上に左右の拳《こぶし》を重ねて先を続けた。

「どこも法要は決まりの精進ものと定めています。決して譲りません」

「すると、千田屋さんが望んでいる法要の料理は精進ではないのですね」

変わった趣向だと季蔵は興味を惹《ひ》かれた。

そもそも、法要の料理を精進一点張りとせず、故人の好きだった料理を並べて供養とするべきだというのが季蔵の考えである。

「それで、亡くなった千田屋のご主人は何がお好きだったのです？」

ここはもうどうあっても引き受けるしかなかった。

「生鮭《なまざけ》を使った尽くし料理、とおっしゃっています」

言い終えた嘉助は深いため息をついて、

「せめて塩引き鮭か、荒巻鮭にでもしておいてくれればいいものを――」

ふと本心を洩《も》らした。

塩引き鮭、荒巻鮭共に、鮭の捕獲で知られている、蝦夷《えぞ》地や越後に寄港する北前船《きたまえぶね》によって江戸にもたらされていた。

秋期の捕獲後、腹子を取り除いた後、塩漬けにされて船で運ばれる塩引き鮭は、年末年始に欠かせない保存食であり、漬ける塩を控えた荒巻鮭よりは日持ちがする分、安価であった。

一方、生のままの鮭は水戸は那珂《なか》川あたりで捕れるものが多く、寒い時季とはいえ、鮮度を落とさずに江戸へ運ぶのは難儀であった。

生鮭は塩引き鮭、荒巻鮭とは比較にならないほど貴重で高価だった。

「たしかにこの江戸では、生鮭を手に入れるのはむずかしいですね」

季蔵は頰杖《ほおづえ》をついた。

「千田屋さんには、伝手《つて》がおありだとかで、季蔵さんが試作に使う分も含めて、生鮭をご用意くださるとのことです。何でも、亡くなられたご主人は、鮭漁で知られている越後は村上のご出身だそうです。生前、川に上ってきた鮭を手づかみした話をよくなさっていたとか――。お内儀さんとお嬢さんは、良き夫であり父親であった、亡きご主人の供養を存分になさりたいとおっしゃるのです」

心なしか嘉助の声は震えていた。

二

「急なご無理をお願いしたにもかかわらず、快くお引き受けいただきありがとうございました。正直、これでわたしも先方に顔が立ちます」

礼を言って帰って行った嘉助から、三升もの餅米が届いたのはその翌日のことであった。

正月料理の雑煮に餅は欠かせない。

嘉助らしい合理的な計らいだった。

「これで餅を搗《つ》いたら、あんころ餅、黄粉の安倍川餅、大根おろしの辛味餅、腹いっぱい食べられる。そうだ、そうだ、それを今年の師走賄いにして昼餉に出したら？」

舌なめずりした三吉は大の餅好きである。

「毎日、うちの裏庭で引き摺《ず》り餅みたいなことをやるっていうわけ？」

おき玖は首をかしげた。

引き摺り餅とは賃餅《ちんもち》の一種で、餅米と搗き代を渡されて、餅搗きを請け負う俄《にわか》餅搗き屋のことで、師走ならではの風物詩であった。

ただし、大量の餅米を蒸籠《せいろ》で蒸し上げて、頃合いよく臼《うす》に移して搗き上げるのには、段取りと重労働が伴う。

「これから毎日昼時、お奉行様においでいただくわけにもいかないでしょう？」

以前、塩梅屋で餅搗きをした時には、贔屓客の一人である、北町奉行の烏谷椋十郎《からすだにりようじゆうろう》が巨体にものを言わせて、勇ましく杵《きね》を振りおろし続けた。

「杵ならわたしが振るってもいいのですが、餅はするすると幾らでも食べられてしまうので、もう少しお客様の心を満足させられる餅米料理はないかと――」

季蔵は考え込んでしまった。

「今が秋ならかど飯（秋刀魚《さんま》ご飯）に限るのにね。あれ、焼いた秋刀魚を生姜と醬油、酒で味付けして、炊いたご飯に混ぜるだけのものなのに、もう人評判。生姜を抜いて、かど飯と同じように作る、鮎姫《あゆひめ》めしと並んでうちの大看板。でも、駄目。どっちも時季じゃないもの――」

おき玖は切なげにため息をついた。

「白米よりも高い餅米使いはご馳走《ちそう》です。餅に搗いてしまっては勿体《もつたい》ないと考えて、ここは一つ、おこわに役立てるのはいかがでしょう？」

「おいら、赤飯だって大好きだよ」

大角豆《ささげ》を煮る。大角豆の入った煮汁に餅米を浸して一昼夜置き、蒸籠で蒸し上げるのが赤飯である。小豆によく似た風味の大角豆を使うのは、小豆では煮崩れてしまうからだった。

「でも、まだ年も明けていないのにお赤飯はおかしいわ」

「五目おこわにしてみようと思っています」

「五目ご飯は好きだけど、おこわの五目、美味しいのかな?」

「歯触りがごわごわしないように、餅米のいくらかを白米にして試してみよう」

早速、季蔵は五目おこわを作る段取りを始めた。

「三吉は鳥屋へ行って、鶏肉をもとめてきてくれ」

「あたしはお米の水加減と昆布出汁《だし》を作るわ」

おき玖は餅米と白米を一緒に洗って、半刻（約一時間）ほど笊《ざる》に上げておくことにした。

昆布は水に浸して出汁を取る。

この間に季蔵は干し椎茸《しいたけ》を水で戻し、牛蒡《ごぼう》をささがきにして水にさらしてアクを抜き、皮を剝《む》いた人参《にんじん》は細切りにした。

三吉が鶏肉のコマ切れをもとめて帰ってくると、鉄鍋《てつなべ》に菜種油を引き、鶏肉を炒める。色が変わってきたら、牛蒡、人参、戻して細切りにした椎茸を入れ、醬油、酒、砂糖で調味する。

具と炒め汁を分け、洗って笊に上げてあった米と、炒め汁、昆布出汁を合わせて水加減して蒸籠で蒸し上げる。

飯碗《めしわん》に盛りつけて箸を取った三吉は、

「おっ、これ、赤飯みたいに米が固くないや。固すぎず、柔らかすぎず、牛蒡や人参、干し椎茸を嚙《か》んだときの感じとぴったり合ってる。赤飯が餅米だけでいいのは、大角豆と餅米のころころした感じが似てるからいいんだね」

しきりに感心しつつ講釈をたれて季蔵を微笑ませた。

おき玖の方は、

「たしかに食べたっていう満足感は五日ご飯よりあるわね。でも、やっぱり美味しいから
お箸が止まらない」

ふうふう息を吹きかけながら夢中で食べ続けた。

こうして昼餉賄いは五目おこわと決まった。

「忙しいお客さん用には、すぐに持ち帰ることができるよう、握りおこわも拵えておきま
しょうね」

おき玖の握り飯には年季が入っている。

「嘉助さんの計らいは有り難かったけど、尽くしなんて季蔵さん、大丈夫？」

生鮭などおき玖はまだ目にしたことがなかった。

「一度、とっつぁんに、知る者ぞ知るの隠れ料理屋に連れて行ってもらって、生鮭を食べ
たことがありました」

その時、先代長次郎《ちょうじろう》は、〝生鮭を使ったこの料理は江戸に住まう限り縁のないものだろ
うから、書き遺したりはしない、その代わり、鼻と舌でしっかり覚えておけ〟と言った。

「まあ、狡《ずる》い」

言葉とは裏腹におき玖はふふっと笑い、

「おとっつぁんたら、〝千代田のお城の将軍様でさえ、――厚みのある切り身の焼き鮭を、

まるまる一切れ食べられたら死んでもいい――とおっしゃっていたそうだ。その鮭の切り身というのは間違いなく生鮭だろう〟なんて、あたしにさんざん話してて、味わわせてくれなかったたっていうのに――」

「塩引きではないはずです。塩引きを焼くと塩で真っ白になって、茶漬けや握り飯には向いていますが、塩の味が強く、まるまる一切れ食べて美味しいとは思えません」

「生鮭の焼き、季蔵さんは食べたの？」

　おき玖は真顔である。

「ええ。生鮭の華は焼き物だと、とっつぁんが教えてくれました」

「さぞかし美味しかったでしょうね」

「鮭はあの薄赤い身の色が美しいだけではなく、濃厚にしてあっさりとした脂が、噛《か》んでいてほんのりと鼻を打つ鮭特有の風味は、鮎ともまた一味違います。もう少し複雑で、清流のすがすがしさに甘さが加わった感じでした」

「あたしも食べたい」

　おき玖の表情は子どもが駄々をこねる時に近くなった。

「そのうち千田屋さんが試作のための生鮭を届けてくれますよ」

　それから三日が過ぎ、明日から月が変わるとあって、塩梅屋はばたばたと忙しかった。夜、店に出す料理の仕込みの間を縫って、昼賄いの準備をしなければならないのだ。

「お邪魔します」

嘉月屋の嘉助である。

声が低く沈んでいる。

「いらっしゃいませ」

おき玖は精一杯明るい声でもてなした。

「お茶は結構です」

嘉助は困惑しきった顔を季蔵とおき玖に向けた。

「実はお詫《わ》びしなければなりません」

嘉助は頭を垂れた。

「生鮭の料理は塩梅《うち》屋ではない、他所《よそ》の店がされることになったのでしょう？」

季蔵は察したつもりだったが、

「いや、そうではありません」

嘉助はきっぱりと言い切って、

「千田屋さんでは、試作も自分のところの厨《くりや》でやってほしいとおっしゃっているんです。こちらの師走に限っての昼賄いは知っています。ここまで評判になると、毎年、楽しみにしているお客様のためにも続けなければならないのでしょう？　そんな忙しい最中に二度も出張をお願いするのは気が引けて、気が引けて――」

「千田屋さんにはどなたか、食通の権化のような方がおいでなのではありませんか？」

極めつけの食通は出来上がった料理だけではなく、その目で作り方まで見極めないと得心がいかないものだと、長次郎が話していたことが思い出された。

「女隠居の梅乃《うめの》さんという方です。食い道楽が幸いしたのか、七十歳を越えても健啖《けんたん》ぶりは衰えを知らず、千田屋の賄い方泣かせと聞いています。ただし、わたしとは話が合って、百珍菓子料理の重箱などという、変わった引き出物の趣向を思いついてくださったのも、実はこの方なのです」

嘉助は小柄な全身で思い詰めていた。

「結構ですよ。御隠居さんに厨においでいただいて、生鮭の料理について、何かとご助言いただきましょう」

「よろしいのですか？」

嘉助はまだ疑心暗鬼である。

「その方がこちらも張り合いが出るというものです」

生前の長次郎は、〝味にうるせえ客は有り難《がて》え客だってことを忘れちゃなんねえ。うるさい分、味にも店にも親身になってるってことなんだからな〟と言い続けていた。

「それは有り難い」

「どうかお任せください」

さしのべてきた嘉助の手を季蔵はしっかりと握った。

三

嘉助が帰った後、

「おいら、今回は手伝いでついてくの遠慮しとくよ。うちの長屋にそりゃあ、うるさい婆《ばあ》さんがいるんだけど、おいら、始終怒られてる。ついてなんぞ行ったら季蔵さんの足、引っ張っちゃうから」

三吉は先手を打ち、おき玖も、

「ああ、残念。生鮭の焼きは食べたし、女隠居さんは怖しだわね――」

季蔵の目を見ないで言った。

こうして、季蔵は一人で千田屋へと出向くことになった。

訪れた千田屋では見事な掛け軸や置物で飾られている客間に通された。

「塩梅屋季蔵と申します。鮭料理の試作にまいりました」

季蔵は挨拶《あいさつ》をした。

「先にご挨拶をいただき痛み入ります。主の松江《まつえ》でございます。嘉月屋さんから聞いています。わざわざおいでいただいてありがとうございました」

四十歳近い寡婦の松江には、凜《りん》とした佇《たたず》まいの中に優しさが滲《にじ》んでいた。

「娘の千恵《ちえ》でございます。祖母が無理なお願いをいたしまして申しわけございません」

母とよく似た面差しのお千恵は笑顔が眩《まぶ》しかった。

祖母で女隠居の梅乃の姿はない。

「御隠居様は生鮭の料理でのもてなしに賛成なさっておいでなのでしょうか？」

市中では生鮭は珍しいだけではなく、刺身で食べると、中《あ》たって死ぬこともあるという話もあった。

河豚《ふぐ》ほど盛んに中毒死が伝えられないのは、鮭は焼き物で堪能するものと決まっていて、誰も生食などしなかったからである。

「生鮭の尽くしとなると当然、刺身も一品になりますが」

中たるかもしれない、尽くし料理を出すことに、梅乃が反対したとしてもおかしくはなかった。

「もちろん、お刺身は結構です。生鮭のお刺身なんて、亡き旦那《だんな》様も口にしたことなぞないでしょうから」

松江は顔の前で片手を左右に振った。

すると、突然、客間の障子が開いて、

「何を言うんです？　刺身の一品がない魚の尽くし料理なんて恥ずかしくてお客様に出せませんよ」

白髪頭を小さな髷《まげ》に結って、綿入りの茶羽織を着込んでいる梅乃が立っていた。

小さく縮んだ姿は痩《や》せぎすで顔色は青黒い。

「そんなこと言ったたってお母さん――」

松江はおろおろと年老いた母親を宥《なだ》めにかかったが、

「料理人というからには、見たことも聞いたこともない鮭料理を作ってみせるもんだと思いますよ」

「だって、お祖母《ばあ》さま、生鮭なんて滅多に手に入るもんじゃないわ」

お千恵も抗議した。

「それを言うなら、生鮭こそでしょう。ところでそちらは？」

「申し遅れました」

季蔵はまた名乗った。

「水戸の知り合いに頼んで生鮭の雌雄を都合させました。今届いたばかりです」

「聞いてないわ、お母さん、そんなこと――」

松江はお千恵と顔を見合わせて呆れ返った。

「驚くことはないでしょ。正真正銘の捕れ立ての生を早飛脚に運ばせたんだから。季蔵さんとやら、まずはこれらで試作をなさってみてくださいな」

梅乃は年齢《とし》とは思えない矍鑠《かくしゃく》とした足取りで季蔵を厨へと案内した。

「わたしもお手伝いしましょうかね」

季蔵よりも先に梅乃は襷《たすき》を掛けた。

「わたしたちも」

松江とお千恵は季蔵と一緒に襷で袂《たもと》をからげる。

大きな俎板《まないた》の上に雌雄の生鮭が置かれている。

よほど鮮度がいいのだろう、気になる魚臭さは全くなかった。

塩引きや荒巻こそ見慣れていたが、活《い》きのいい生鮭を目の当たりにするのは、季蔵も初めてだった。

——ただし、舌と鼻で味わったことはある——

長次郎が季蔵を連れて行って食べさせてくれた料理屋の主は、若い頃、北前船に乗って、蝦夷地に出向いていたこともあるという仲買人の一人で、全国津々浦々の鮭事情に通じていることもあり、時には生鮭を仕入れることができるのだと聞いていた。

「まずは下拵えをさせていただきます」

季蔵は雌雄の鮭の鱗《うろこ》をそぎ落とすと、表面のぬめりを取るために、ごしごしと束子《たわし》を使って丹念に水洗いした。

鮭の尻尾《しっぽ》を左手で摑《つか》むと、逆さ包丁で肛門から顎《あご》にかけて切り込む。

——これも仲買人上がりの主に聞いた。逆さ包丁にしないと、鮭の腹の中の腹子や白子を傷つけてしまう——

鮭の腹部を真《ま》っ直《す》ぐに切り込んで開くと、まるで紅白の玉のように、腹子と白子が姿を現す。

薄い皮膜を出刃包丁の先と手で丁寧に切りながら、そっと腹子と白子、各々を取り出す。

取り出した腹子と白子はそれぞれ大きな鉢に移しておく。

後は雌雄を三枚に下ろすことになる。

まずは各々の臓腑《ぞうふ》を切り落とす。

　左手で頭を摑み、親指を鰓《えら》の中に突っこみ、その下から包丁を入れて切り込む。反対側を同様に切り込んで頭を落とす。

　もう一尾も同様に繰り返すと切り落とされた雌雄の頭が並ぶ。頭二つは水洗いしておく。背骨の下にある血合いの中ほどに切れ込みを入れ、血合いを匙《さじ》で取り除き、その後をよく水洗いして血の臭みを取り除く。

　頭のあった方を右にして、背骨の上を這《は》うようにして出刃包丁を滑らせる。

　これは中骨に身が多く残ってしまうことから、大名おろしと言われる贅沢《ぜいたく》なおろし方である。

　短時間に大量におろすことができるので、鯵《あじ》や鱚《きす》等の小さな魚に用いられることが多い技が、大きな鮭に使われるのは、捨てるところがほとんどないこの魚の背骨は、塩引きや荒巻はもちろん生でも、濃い味と旨味が出て、アラ鍋等の汁ものに最適だからである。

　半身を切り下ろしたら、裏に返して同じように出刃包丁を滑らせる。

　これをまた繰り返すと二尾分の三枚おろしが出来上がった。

　季蔵は雌雄がわかるよう、三枚におろした雄鮭が載っている俎板の上に手にした出刃包丁を置いた。

「それ、何のおまじない？」

　梅乃は目ざとかった。

「出刃包丁を置いた雄鮭は切り身にして、焼き物に仕上げるつもりです。鮭は子を持っている雌よりも雄の方が身の味はいいはずですから――」

「それじゃ、雌の方はどうするんかね？」

梅乃は怖いくらい真剣な目線を季蔵に向け続けている。

「これは時がかかるので後です。その前に腹子と白子の料理をさせていただきます」

「これらを食べるんですか？」

松江は怖々と腹子を見ていた。

「赤い花と白い花、どんな味なのか楽しみだわ」

お千恵は興味津々で、

「やってみますか？」

季蔵の言葉に、

「ええ、もちろん」

大きくうなずいた。

「それでは、腹子の方から。大きめの鍋に笊、たっぷりのお湯をご用意ください」

「お湯の方はわたしが――」

松江は甲斐甲斐《かいがい》しく大きな鍋に水を張って竈《かまど》にかけた。

「湯加減が大事のはずだよ」

梅乃が割り込んできた。

――腹子料理も作り方を見たことがあるのだろう――

「何とか手を入れられるくらいの熱さでお願いします」

「わたしに任せなさい」

とうとう梅乃は松江を押しのけて竈の前に立つと、

「ぼやぼやしないで、薬罐《やかん》でも湯を沸かすんですよ」

と命じた。

この後は梅乃の独壇場で腹子料理が作られた。

あちっちと指を入れた松江が手を引っ込めたところで、鍋を竈から下ろすと、

「よし」

梅乃はお千恵に腹子を入れさせた。

両手を使って鍋の中の腹子をかき混ぜていた梅乃は、

「薬罐、薬罐」

熱く保つために松江に薬罐の湯を足し注ぎさせた。

「このまま六百まで数えておくれ」

「はい」

お千恵が六百まで数えた。

「さあ、いよいよですよ」

梅乃の目が爛々《らんらん》と輝いて、両手を鍋の中に沈めた。この時すでに腹子を包んでいた薄皮は縮んできている。

――御隠居は見ていただけではなく、作り手にもなったのだろう――

季蔵は感心しながら、薄皮を剝がして、腹子をばらしていく、梅乃の巧みな指先の動きを見守っていた。

四

梅乃の手には薄皮だけが縮んで残り、腹子は一粒残さず丹念にばらされた。

ここで鍋をかき混ぜて、さらに浮いてくる薄皮を流してから、ひとまず腹子を笊にあげる。

「ぼやぼやせずに、お湯」

梅乃は叱《しか》るように叫んで、また鍋に湯を満たさせた。

そして、笊の腹子を入れて軽くかき混ぜ、まだほわほわと浮いてくる、粒を包んでいる薄皮を取り除く。これを二度繰り返した。

「あ、腹子、煮えて白くなっちゃった？」

お千恵が口走ったが、梅乃は応《こた》えず、笊にあけて水切りすると、乾燥を防ぐために笊に鍋の蓋《ふた》で被《おお》いをした。

「このまま四半刻（約三十分）置いた後、醬油、酒、味醂《みりん》に漬け込みます」

梅乃は季蔵の方を向いて言い、腹子の漬け汁を作り終えた。

さすがに疲れたのか、

「はあ」

大きな吐息をつくと、

「お母さん、少し休まないと」

松江が厨から梅乃を連れだそうとした。

「ああ、でも、まだ白子が――」

梅乃はちらと俎板の上に載ったままの白子を見た。

「白子はわたしに料理させてください」

季蔵は言った。

「でもねえ――」

「白子の血抜きはぬかりなくいたしますのでご安心ください。どうか、とっておきのわたしの白子料理を楽しみにお待ちください」

「あたしも楽しみよ、お祖母さま」

お千恵に微笑みかけられると、

「そうだね、そうしようか」

梅乃は孫に手を引かれて厨を出て行った。

「ああ、よかった」

松江がほっと胸を撫《な》で下ろす。

「母はこのところ疲れやすく、具合があまりよくないんです」

「そうでしたか――」

季蔵は白子の下拵えから取りかかった。

「さっきから見ててわかりました。とにかく、お水がたくさん要るんですよね」

松江は下働きに命じて、井戸水を大盥《おおだらい》に汲んで運ばせている。

まずは白子を水洗いして塩をまぶした。すぐにぬめりが出てくるのでこれを水で洗い落とす。

「お湯も沸いてます」

「助かります」

季蔵は薬罐の熱湯を白子にまわしかけ、すぐに冷水につけた。

臭みの元である白子の太い血の管と周囲の筋を取り、塩少々をまたまぶす。

「これで血抜きと臭み抜きの大半は終わりです。六百数えてください」

「まあ、腹子がばらけるのまでと同じ六百なんですね」

松江が数え終えると、白子の表面が膜のようなぬめりに覆われていた。

「あと四百ほど数え足しましょうか」

千まで数えたところで、大盥に移した白子は丹念に洗われて、笊で水切りされた。

「これで白子の下拵えは終わりました。もう、あと三盥ほど井戸水を運んでいただけます

か。それと鉈《なた》」

「鉈ですか？」

「はい」

松江は首をかしげながら下働きに水と鉈の調達を命じた。

次に、季蔵は取っておいた雌雄の鮭の頭を俎板の上に置いた。

歯の部分と鰓の固いところを取り除く。残った鰓は出刃包丁の背でしごき血を抜き取る。

頭の軟骨と鰓を綺麗《きれい》に水洗いする。

「何か、他にお手伝いすることは？」

また松江に訊《き》かれた。

「それでは、葱《ねぎ》と焼いた昆布のみじん切りをお願いします」

「わかりました」

松江は薬罐を取り除《の》けた七輪に丸網を掛けて、じっくりと昆布を焼き始めた。

よく研がれている鉈が持ってこられた。

先ほど水洗いした頭の軟骨と鰓を鉈で叩く。

――たしかにこれは出刃包丁などでは歯が立たない代物だ――

仲買人上がりの料理人が教えてくれた秘伝は本当だったのだと思いつつ、俎板の上のものが細かくなったところで、白子を一腹分加え、鉈を出刃包丁に替えて、さらにねばりが出てくるまで叩き、みじん切りの葱と昆布を混ぜて塩で調味する。

季蔵は出来上がった白子料理を小鉢に盛りつけて、座敷の梅乃とお千恵へ運んだ。

箸を口に運んだ梅乃は、

「これは——」

　悪かった顔色が一瞬赤みを帯び、

「珍味三昧《ざんまい》のたいしたご馳走ですね。作り手はとっくに亡くなったので、もう二度と巡りあえない代物だと思ってました。こんなうれしい偶然ってあるのかねえ？」

　季蔵に向かって初めて微笑んだ。

——思った通り、御隠居さんも、わたしがとっつぁんに引き合わされた、生鮭料理の名人の逸品を口にしていたのだ——

「わたしもその作り手の方に学ばせていただきました。先代には舌と鼻で覚えていろと言われましたが、市中では滅多に味わうことのない生鮭料理の数々なので、内緒で書き留めておいたのです。ここへ来る前に行李《こうり》から出して復習《さら》いました」

「料理の名は？　思い出せませんか？」

「チチタタブと書いてあります。生鮭料理の名人は蝦夷地の人たちと交流があって、教えてもらったもののようです。チチタタブとは蝦夷語で鮭のたたきという意味だとか——」

「そこまで珍しいものだとわかると、美味しいけど惜しくて食べられないわ」

　お千恵は箸を止めた。

「まだ沢山ありますので心置きなく召し上がってください」

「それにお千恵、腹子の醬油漬けは一晩は寝かせないと食べ頃にならないんだし——。あら、もうそろそろだね」

ぺろりとチチタタブを平らげた梅乃は立ち上がって厨へ行った。

笊の上の鍋の蓋を取ると、白っぽかった腹子の一粒一粒がさらきらと朱赤に輝いていた。

「わー凄い、感激」

「本当に綺麗だわ」

松江とお千恵の目も輝いた。

「さあ、目での愉《たの》しみはそのくらいにして、味の愉しみを仕掛けましょう」

梅乃は笊の腹子を大鉢に移すと、作っておいた漬け汁をたっぷりと注いで、大きめの落とし蓋をかけた。

「こちらは明日のお楽しみ――さて――」

梅乃の目は季蔵を見て、三枚におろした雌鮭の料理法を促していた。

「産卵期の雌鮭の身は雄に比べて旨味で劣るので、燻《いぶ》してみようと思っています。ただし、これは生鮭料理名人に教わったものではなく、わたしが奉書《ほうしょ》焼きから思いついて、初めて試みる料理ですので、上手《うま》く出来ないかもしれません。その時はお許しください」

ちなみに楮《こうぞ》から作られた奉書紙《がみ》の間に魚等を包んで、旨味を逃さないように蒸し焼きにする料理が奉書焼きである。

燻し鮭作りが始まった。

「わたしは見ています」

梅乃は言って、

「お祖母さま、さっきの碁の続きをしない？」

お千恵の言葉にも、

「いいえ、ここに居ます。碁よりも燻し鮭の方がよほどいい死に土産になるからね」

断固引かなかった。

「それではせめて、お母さん、身体を楽にしてくださいな」

松江は梅乃の部屋から蒲団《ふとん》を厨に運ばせて、

「横になっているというのなら、ずっとここにいていいわ」

「それがいいです。燻し鮭には時がかかりますから」

季蔵もそのように勧めた。

「わかりましたよ」

梅乃は渋々、蒲団の上に身体を横たえた。

「こちらで一番大きな火鉢をお借りできませんか？」

「今度は火鉢ですか？」

「お願いします」

こうして土蔵にあった巨大な長火鉢が運び込まれた。

季蔵は調理器具の中から、大きいだけではなく、頑丈な蓋付きの鉄鍋を見つけ出した。

「それはあたしの嫁入りの時、おっかさんが持たせてくれたもんですよ。注文品で蓋がぴっちり閉まるよう、工夫が凝らされてるんです。昔のことですから、おっかさんは、とかく嫁は豆を煮させられて、姑《しゅうとめ》に当たり外れを決めつけられると信じてたんですよ。ここはそんなことより、銭勘定が第一でしたから、算術が好きだったあたしは大得意、舅《しゅうと》、姑に可愛《かわい》がられました。それでとうとう使わず終《じま》い」

梅乃は感慨深げに洩らした。

「後は――」

季蔵は運ばれてきた長火鉢を見つめている。

五

「もしや、これで、燻し鮭を？」

梅乃は興味津々である。

「刺身に似た食感の燻し鮭にしたいので、火の加減は弥生《やよい》の頃くらいの温かさを保ちたいのです。今はこの寒さなので、火鉢の炭火の遠火なら、これに適しているような気がしました」

「なるほどね」

「この大きな長火鉢では、さぞかし餅が沢山焼けたでしょうね」

「その火鉢は餅好きな舅が頼んで作らせたものです。餅網まで特注でした」

梅乃は思い出した。

「その時の餅網は？」

「さてねえ――」

梅乃は松江の方を見た。

「お祖父《じい》さまのお棺《かん》に入れたじゃないの」

苦笑してすらすらと応えた松江は、

「そんなわけで、餅網はありませんが、亡き旦那様が作らせた火鉢被いならございます。この火鉢は祖父が亡くなった後は、餅焼きの役目は並みの大きさの火鉢に譲って、小さかったお千恵が可愛がっていた猫の縄張りになりました。年寄りになった猫は火鉢に飛び入るようなこともあり、灰が飛び散るだけではなく、危うく火傷《やけど》しかけたこともありました。見かねた旦那様が猫がゆっくり暖を取れて、焼け死んだりしないよう、火鉢被いを思いついたんです」

「おとっつぁん、優しい人だったから」

千恵は感慨深げに呟《つぶや》いた。

梅乃が、

「ああ、あれね。たしかに、あれだと、鉄鍋を載せて暖を保ち、燻し鮭を作るのに役に立つかもしれないね。どうして、一緒に運んでこなかったの？　気が利かないね」

控えていた下働きに責める言葉を浴びせると、

「お母さん、この火鉢を土蔵にしまったのはずいぶんと前のことで、若い下働きは知っちゃいませんよ」

松江は宥めて、

「もう一度土蔵へ行って見つけてきてちょうだい」

穏やかに頼んだ。

それでも四半刻ほどで、火鉢被いは見つかった。すっぽりと被う長四角は餅網の金網を太くしたような体裁で、火鉢に固定するために四隅から足が突き出ている。

「いかがでしょう？」

梅乃が促し、

「ここまで揃《そろ》えていただいたのですから、是非とも燻し鮭を成功させなければ――」

季蔵は、早速、燻し鮭作りに取りかかった。

まず、三枚におろした雌鮭をサクに切り分けて塩、胡椒《こしょう》をしておく。

松江に頼んで火鉢に炭を熾《おこ》しておいてもらう。

火鉢被いを固定し、炭火が熾《お》きている中ほどに鉄鍋を置く。

季蔵が用意してきた、擦り切れた晒《さら》しを切って縫い合わせた細長い筒型には、煎茶《せんちゃ》と山《さん》椒《しょう》の実がたっぷりと詰め込まれている。

これを鉄鍋の底に沿ってぐるりと回し置いて、先と先を合わせてきゅっと結んだ。

鉄鍋の中央にサクに取った鮭を置き、ぴっちりと閉まる鉄蓋をする。

「これから三刻（約六時間）はかかります」

季蔵が告げると、

「それじゃ、ここでわたしが見ていましょう。松江、季蔵さんにお茶でもさしあげて」

梅乃は有無を言わせなかった。

「強引なのは性分なのです。申しわけありません」

季蔵は客間で松江と向かい合った。

「よほど生鮭料理がお好きなのですね」

「ええ、でも、お千恵の祝言の報告を兼ねた、法要に生鮭料理はどうかと言った時、母が大賛成するとは思ってもみませんでした。お目出度《めでた》い報告なのだし、鯛料理が筋だと言い出して反対するのだとばかり――」

「御隠居様は鯛料理もお好きなのですね」

「昔の母は生鮭料理など見向きもしませんでした。行きつけの鮭料理屋を見つけて、出向くようになったのは、旦那様があんなことになってからのことです」

「あんなこととは？」

「出先から船で帰る途中、海に落ちて亡くなりました。見ていた人もいました。旦那様は鮭は塩引きも荒巻も大好きでしたが、珍しい生鮭となるともう目がなくて、もしかして、母は自分のしたことを悔い続けているのではないかと思います。母はあんな気性なので婿入りしてきた旦那様に厳しすぎたんです。たしか、亡くなる前の年の師走に、〝生鮭を食いたいのなら、ちっとは商売に身を入れたらどうか〟なんて、酷い物言いをしていたのを立ち聞きしましたから。旦那様はこっそり他所《よそ》に妾《めかけ》を囲ったりすることもなく、わたしや娘にも優しく、生真面目《きまじめ》を絵に描いたような人でした。それなりに商いにも励んでいたのですが、父の死後、一人で店を切り盛りしてきた男勝りの母は、婿がおっとりしすぎているとその働きぶりが不満だったようです」

「たいして鮭好きではなかった御隠居様が、生鮭を堪能するほど、並み外れた鮭好きになったのは、亡きご主人への供養の気持ちからではないかとお考えなのですね」

「今回の法要で生鮭料理が振る舞われることになって確信しました。旦那様の好きだった鮭料理を食べ極めることで、母はあの世の旦那様に、現世での心ない物言いを詫び、わたしたちやこの店を守ってほしいと手を合わせてきたのだと思います。そして――」

そこで松江は一度言葉を途切らせて、

「母はもう年齢です。寒さが祟《たた》って身体も弱ってきています。自分がもう長くないと感じているのではないでしょうか？」

目を瞬かせた。

――御隠居は悪い人ではない。入り婿に厳しかったのは、意地も責任感も強くて千田屋の行く末や娘や孫のことを案じすぎたのだろう。女らしい、血縁への情の深さも禍《わざわい》したのかも――

「おっかさん」

お千恵が客間の障子を開けた。

「大変、今、こんなものがあたしに届けられてきたのよ」

お千恵は珊瑚《さんご》の丸い簪《かんざし》を手にしていた。

「〝お祝い〟って熨斗《のし》がかかってたわ」

「まあ、この色――」

松江は、はっと息を呑《の》んだ。

「おとっつぁんの色よ」

「それはそうだけれど――」

松江は橙色《だいだいいろ》がかった薄桃色の珊瑚の簪から目が離せない。

「その色は鮭の身の色によく似ていますね」

季蔵の言葉に千恵は大きく頷《うなず》いて、

「そうなんです。鮭好きだったおとっつぁん、これによく似た色の根付けを持ってたんです。生まれ年の子年《ねどし》の可愛い根付け。あたし、その珊瑚の色、とっても綺麗だったもんだから、欲しいってねだったんですよ。そうしたら、おとっつぁん、〝この根付けは子年生まれの守りにしかならないから、千恵が嫁に行く時にはこれと同じ色の珊瑚の簪を持たせてやる〟って、約束してくれたんです。祝言が決まって、これが届くってことは、おとっつぁん、この市中のどこかで生きてるのよ、ねえ、おっかさん、そうでしょ」

目を潤ませた。

「でも、海へ落ちるのを見たっていう人もいたし――」

「そんなのいくらでも、そう言ってくれって頼むことはできるじゃない？」

お千恵は言ってしまった後で、一時、喜色に染まった顔を、今は沈み込ませている松江に気づいて季蔵の方を見た。

「ちょっとお母さんの様子を見てきましょうかね」

松江が立ち上がっていなくなると、

「おっかさん、おとっつぁんが自分から死んだことにして、この店やあたしたちを捨てたっていうのがたまらないんだと思います。だから、生きてるかもしれないって信じたくない――。でも、あたしは信じたい、探しておとっつぁんに会いたい」

「手掛かりはその珊瑚の簪ですね。それを届けてきたのはどんな人でしたか？」

季蔵には千恵の気持ちが痛いほどよくわかった。

「町人風の若い男だったと店の者は言っています。太い木綿縞《じま》が少し派手目だったと」

「頼まれてここへ届けたのは店の奉公人ではなさそうですね」

「あと、これ、色ムラのない大きな珊瑚の丸玉に、足は銀細工。とても上等なものだと思います」

お千恵はしみじみと鮭色の簪に見惚《みと》れている。

銀は言うに及ばず、珊瑚は真珠や翡翠《ひすい》、鼈甲《べっこう》と並んで高価な品であった。

「銀の足の部分に錆《さび》が出ていますから、新しく作られたものではないでしょう」

「市中の骨董屋《こっとうや》さんを回れば、おとっつぁんの居所がわかるかも――」

「市中の骨董屋を全部当たるのは大仕事ですが、珊瑚に限れば的を絞りきれるかもしれません。珊瑚や真珠、翡翠等の玉類《ぎょく》は特殊な骨董品で、この筋に目利きの主でないと仕入れられないと聞いています。明日にでも心当たりを訊いてみましょう」

「よろしくお願いします」

行きがかり上、季蔵は千恵の父親探しの手伝いをすることになった。

六

燻し鮭は奉公人たちが夜鍋仕事を始める頃に出来上がった。

蒲団と一緒に厨から自分の部屋へ戻った梅乃は、夕餉を済ますと舟を漕ぎ出し、横になるよう勧められると、

「出来たら、必ず、起こすんですよ」

念押しをして寝入ってしまった。季蔵はサク状の燻し鮭を、薄く刺身のように切って盛りつけた。

「鮭のお刺身なんて初めて。サクで見た時より透明感があって、こんなに綺麗な色のお刺身、見たことない」

お千恵は珊瑚の簪にも似た、燻し鮭の色みに見惚れた。

「起こさないと後で叱られてしまいますから」

松江は燻し鮭を盛った皿を盆にのせ、季蔵を伴って梅乃の部屋へ運んだ。

障子を開けると、すぐに目を醒《さ》ました梅乃は、

「とうとうできたんだね」

素早く蒲団の上に起き上がったので、松江はあわてて綿入れを梅乃に着せ掛けた。

「どれどれ」

早速、箸で一切れを口に運ぶと、

「まあ、お茶と山椒のいい香り。お茶畑と山椒畑の間を、大きな鮭になって泳いでいるような気分さ。ところで、季蔵さん、おもてなしに出す時、これに添えるのは醬油？　それとも塩？」

真剣な面持ちで訊いてきた。

「お好みでしょう」

「あたしはこのままでいい」

「わたしも実はそう思います。もっとも、一緒にお酒を召し上がるのなら、添えた塩で味を足していただいてもいいかもしれません」

「そうは言っても、このようなお刺身に似た燻し鮭を食べるのは皆さん、きっと、初めてでしょう？　舌が慣れている醬油と生姜のすり下ろしも添えてはどうかしら？」

松江の提案に、

「これに生姜醬油は合いそうですね」

季蔵は頷いた。

「さあ、これでお母さん、気が済んだでしょうから、ゆっくり休んでくださいな。塩梅屋さん、お疲れでしょう。こんなに長くおつきあいいただいてありがとうございました」

松江は季蔵を促して梅乃の部屋を出た。

廊下を歩きながら、

「お千恵、何か言ってませんでした？」

「おとっつぁんが生きていてもおっかさんは辛《つら》いだろうと――」

「まあ、そんなことを」

「お千恵さんはよくおわかりになっています」

「あの子は父親に会いたいのでしょうね」

「親子には切っても切れない絆《きずな》がありますから」

松江はそれには応えず黙ったままだった。

季蔵は千田屋からの帰り際、お千恵から託された鮭桃色珊瑚の簪を握って、翌早朝、南八丁堀にある岡《おか》っ引《び》きの松次《まつじ》の住まいへと出向いた。

油紙に包んだ鮭の切り身を持参している。

遠慮する季蔵に松江が、

「奉公人に厳しい昔気質《かたぎ》の母はいい顔をしませんが、すぐ食べられる試作の燻し鮭は、夜鍋仕事の夜食代わりにするつもりです。その代わり、切り身にした雄鮭をお持ち帰りください。これはお願いです」

包ませた切り身の鮭を、半ば押しつけるように季蔵に渡してくれたのである。その二切ればかりを、季蔵の長屋にあった油紙に包み直して、松次の朝餉に間に合わせるつもりでいる。

「おはようございます」

季蔵は猫の額ほどの庭に向けて挨拶をすると、目と鼻の先の縁側に立った。

「季蔵さん、あんたか、今時分、いったい何だい？」

松次は四角い顔の金壺眼《かなつぼまなこ》を瞠《みは》った。

「珍しいいただきものをしたので、朝餉でも一緒にと思いまして」

「珍しいもんって何なんだ？」

「生で届いて昨日一塩した鮭です」

「そりゃあすごい」

松次はごくりと生唾《なまつば》を呑んで、季蔵を招き入れてくれた。

酒はからきしの松次は甘党であるだけではなく、生まれついての食い道楽であった。

家の中に入ると飯が炊き上がるいい匂《にお》いがした。

「今日はさ、佃煮《つくだに》を切らしてて、飯の他は葱の味噌汁だけだとあきらめてたのさ」

「ともあれ、間に合ってよかったです」

季蔵は早速、松次の家の厨に入って、七輪に火を熾した。

「こいつは脂が乗って、いい色艶《いろつや》してるねえ」

松次はまたしても生唾を呑み込み、どこからともなく、魚焼きに使う長串を探してきた。

「串は俺が打つよ」

娘を遠くへ嫁がせた松次は一人暮らしではあったが、外で食べることは滅多にせず、自分の舌のために、美味《うま》いものを作るのを生き甲斐にしている。

「あんたが許してくれりゃあ、焼いてもみてえんだがな」

「それではお願いします」

季蔵は煮干しで出汁をとり、庭に植えられている葱を切り取って具にする、味噌汁作りにまわることにした。

半刻ほどして、二人は焼き一塩鮭と葱の味噌汁で飯を食い始めた。

「塩が粉を吹く塩鮭も、もう少し甘塩も、いい味なのは塩のおかげだろうっていう奴もいるがそうじゃねえ。鮭はそもそもの味が濃くて旨味があるんだ。こいつが何よりの証《あかし》だ。金銀にたとえりゃ、鮭は金で鯛は身の色と同じ銀。味じゃ、断然、鯛は鮭に負けている」

そう言いながら、松次は焼き一塩鮭の身を惜しみ惜しみ箸で崩していった。

最後にこんがりといい塩梅《あんばい》に焦げ目がついている鮭の皮が残ったが、これは自分でほうじ茶を淹れてから、ぱりぱりと音を立てて咀嚼《そしゃく》する。

「皮まで金の味だよ。今日はまさに、果報は目が覚めたら来ただ。ありがとよ、季蔵さん。ところで、俺にいったい何の用かね？」

ここで、松次ははしゃぐのを止《や》めた。

「実は──」

季蔵は千田屋の生鮮料理と関《かか》わって、祝言の近い一人娘千恵から頼まれた話をした。

「千田屋なら知ってる。女隠居の梅乃の亭主も、一人娘の松江の婿取りを見届けるとすぐ死んじまったから、よくよく亭主運の薄い女所帯さ。それでまた一人娘のお千恵が婿を取るとあって、あそこじゃ、男は種馬で役目を果たすと、あの世へ捨てられちまうって噂《うわさ》があちこちで囁《ささや》かれてる」

「千恵さんのお相手は？」

「聞かなかったのかい？　貧乏浪人の三男坊で、千恵とは手習所で一緒だったと聞いてる。子どもの頃から、二人とも相手を憎からず思ってたんだろ。世間の連中は、千恵の婿取りは、最初《はな》っから、すんなり行かないと思い込んでたんで、千田屋の商いがずっと上り調子ってこともあって、癪《しゃく》に障って、陰口の一つも叩きたくなったんだろうな」

「梅乃さんの御亭主の死因は、もしや松江さんの御亭主の時と同じなのでは？」

「いや、梅乃の亭主は間違いなく長患いの末の病死だよ。生まれつき、病気がちだったんだ。それで三一《さんぴん》侍の娘だが、賢く根性があり、何より丈夫で、跡継ぎの倅が嫌わないくらいそこそこの見た目の梅乃を、当時の主が見初めて玉の輿《こし》に乗せたのさ。今は食えない婆さんの梅乃だが、若い頃は、病弱の亭主を立てつつ庇《かば》って、舅姑《きゅうこ》に仕え、言うに言えない苦労をしたんだろうと思うね」

「松江さんの御亭主の素性は？」

「同業の両替屋の次男だよ。良吉《りようきち》ってえ名だった。もっとも、実家《さと》の両替屋は跡継ぎの兄さんの放蕩《ほうとう》が祟って、潰れてもうねえけどな。どんな奴だったかは松江やお千恵に聞いただろ？　たしかに温厚だったが気弱ではなかった。身体も人並みには丈夫だった。死んだと見せかけて、今も生きているんだとしたら、当人はよほどの思いで決めたことなんだろう。俺は正直、良吉を捜し出すのは気が進まねえ。そもそも死んだふりだけじゃ、咎人《とがにん》じゃあなかろうが――」

松次はむっつりとした顔で煙草《タバコ》をくゆらせ始めた。

「親分は今までに、こういう事情に出くわしたことがあるのですね」

季蔵が察すると、

「そうだとも。何件も見てきたよ。けど、せっかく見つけ出しても、互いを会わせるとこまでなんて、行きゃあしねえんだよ。別の名を騙《かた》って隠れ住んでる方が、見つけられたとたん、市中から逃げ出して居なくなっちまうのさ。良吉はまだそう年齢ではないが、見つけた連中の中には、五十歳の坂を越えてた奴もいた。そういう奴には、市中を離れての慣れない田舎暮らしは応えたはずだ。死んだことにして、嘘《うそ》まみれで生きてる連中にも、日々の暮らしがあって、親しく口をきき合って、助け合ってる仲間がいるっていうのを、忘れてほしくねえんだよ。こういうのはそっとしといてやるに限るってもんだよ」

「それはよくわかります。けれども、親分、もし、何かの理由で娘さんともう一生会えない別れを余儀なくされたとして、千載一遇の会える機会を見逃してもいいと思えますか？」

季蔵は切り札を投げた。

「そいつばかりは――」

咄嗟《とっさ》に大きく目を見開いて、痛み出したこめかみを指で押さえた松次は、

「わかった。珊瑚を取り扱う骨董屋の心当たりだけは教えるよ」

泣くような声を出した。

七

松次から聞いた、珊瑚の目利きが主の骨董屋は市中に五軒あった。

――五軒なら何とか今日中に廻《まわ》り切れるだろう――

一度長屋に戻って、千田屋から貰《もら》い受けた雄鮭の切り身の残りを塩梅屋へ持参した季蔵は、

「今日はこれの焼き物と風呂吹き大根にする」

三吉に仕込みを頼んだ。

「へい、合点」

塩梅屋の風呂吹き大根は、〝大根料理秘傳抄《ひでんしょう》〟にもある林巻大風呂吹《りんまきおおふろふき》大根である。

練り味噌は鍋に赤味噌、白味噌を入れて混ぜ、味醂、酒、すった白胡麻を加えて火にかけてどろりとさせておく。

大根は、爪の先ほどの厚さに桂剝《かつらむ》きした大根に酒を振り、それをゆるめに巻き直しぐる

りと糸で結び、強火の蒸籠で蒸し上げる。

器に練り味噌を敷き、糸を外して大根を盛りつける。柚子《ゆず》の皮または練り辛子で風味と彩りを添える。

大根の桂剝きがぷつんぷつんと切れてしまい、泣きべそを掻《か》いていたのは昔のことで、修業の甲斐あって、今や大根の桂剝きは三吉の十八番《おはこ》であった。

「大根をきつく巻きすぎると、姿ばかりいいだけだから気をつけるように」

十八番にも盲点があって、するすると剝き上げた桂剝き大根を隙間《すきま》なく巻いてしまうと、どんなに時をかけても火の通りが悪くなる。

風呂吹き大根の醍醐味《だいごみ》である、あたかも雪片のように、口の中でふわりふわりと溶けてしまいかねない、あの独特の柔らかさとは無縁の代物となってしまうのである。

「そうだった、おいら、去年、それ、やっちまったっけ」

三吉は額にごつんと自分の拳を当てて、

「今年は気をつけまーす」

ぺこりと頭を下げて季蔵を見送った。


季蔵は骨董屋を廻りはじめた。

一軒目は珊瑚は根付けや飾り物しか扱わないと言い、二軒目は仕入れているのが珊瑚ではなく象牙《ぞうげ》で、三軒目では血の色の珊瑚が如何《いか》に珍しく貴重で高値かを延々と聞かされ、四軒目は珊瑚の目利きができたのは、ずいぶん前に死んだ先代だったとわかった。

五軒目の久雅堂《きゅうがどう》に辿《たど》り着いた時はすでに陽《ひ》が暮れて、しんと寒さが音を立て始めた。

久雅堂の店先には珊瑚の加工品は置かれていなかったので、ここも空振りかと用件を手代に伝えた季蔵が気落ちしていると、

「鮭桃色の珊瑚のことでご用がおありだそうで――」

年配の主が奥から出てきた。

「実は理由《わけ》あって、これをもとめた人を探しているのです」

季蔵は千恵から託された簪を見せた。

「たしかにこれは手前が土佐から仕入れたものです」

主は一瞬和んだ表情になったが、

「ただし、お客様のことは不用意にお伝えできません」

物言いはきっぱりしていた。

「買われた方のためになると信じてください。これは贈られたお相手の頼み事でもあるのです」

季蔵が食い下がると、

「ああ」

よくある誤解が主の顔に笑みを広げた。

「それなら、お教えしましょう。買われたのは段兵衛《だんべえ》長屋に住む、勇吉《ゆうきち》さんです。これを

買うために何度も足を運ばれたので、店の者に後を尾行《つけ》させたんです。こんなことをいうのはなんですが、勇吉さんは総髪に大きな丸眼鏡という何とも奇妙な風体で、暮れも押し迫ったこんな時季のことですし、もしや、うちを狙《ねら》っている押し込みの手下ではないかと疑ったんです。いやはや、申しわけないことをいたしました。長屋に住む人たちに聞いて、勇吉さんは代書屋さんだとわかりました。居職なので、あのように好き勝手な形《なり》をなさっているのでしょう。それにしても、あの勇吉さんに想《おも》う相手がおありだったとは――」

興味津々の主は水を向けて、誤解している話を聞き出そうとしたが、

「ありがとうございました」

季蔵は段兵衛長屋への道筋を、そばに控えていた手代に聞いて店を出た。

段兵衛長屋の近くまで来た時のことである。

「待てえ――」

どこかで聞いたことのある声が聞こえてきた。

「神妙にしろ」

やはり聞き慣れている声である。

季蔵は声のした方へと走った。

逃げている男を追いかけているのは松次であった。

季蔵は男に向かって突進した。

どんと突き当たって、地面にねじ伏せる。

はあはあと息を切らして追いついた松次が、

「何だ、また季蔵さんか。まあ、ご苦労だった」

労《ねぎら》ってくれた。

「親分は何で今時分？」

「段兵衛長屋で殺しがあったのよ」

「この男は？」

「俺が長屋の連中全部に話を訊くと言ったら、一目散に逃げだしやがったのよ。怪しいだろうが――」

松次は忌々しそうに男を立たせるとその腕を摑んで逆手に捩《ね》じった。

「あなたは――」

この時、冷たい月明かりの下で相手の顔が見えた。

「代書屋の勇吉さんですね」

大きな丸眼鏡ばかり目立つ顔は無表情だった。

「そうだ、代書屋の勇吉だよ。だが、どうして、あんたがそんなこと知ってるんだ？」

「それは――」

「ひょっとしてこいつが、珊瑚の簪を買った、千田屋の元婿の良吉だってえのか？」

松次は呆気《あっけ》にとられた。

「そういうことになります」

気のせいか、丸眼鏡の男の無表情が引き攣《つ》った。

「俺はこれから、こいつを番屋に連れてくぜ」

勇吉の背を押して松次が歩きだそうとした時、

「待てよ、待ってくれ」

やや甲高い若い男の声がした。

振り返った松次に、

「勇吉さんは人なんて殺してないよ、お上の目はどいつもこいつも節穴かよ」

太い縞柄の着物の若者が嚙み付いた。

「いいんだ、五助《ごすけ》、いいんだ」

勇吉が初めて言葉を発した。

穏やかな優しい声である。

「何がいいんだよ、よくなんてねえだろう?」

五助が泣き声になった。

「いいか、小僧」

松次は金壺眼をかっと見開いて、

「お上は殺してもいねえものを殺したなんて決めつけやしねえ。それなりの証で、殺《や》った、殺ってねえを決めるんだ。勇吉が逃げだそうとしたのは殺ったという証だ。こいつをひっくり返すには、殺ってねえという証が要るんだ。勇吉を助けてえんなら、せいぜい、そいつを見つけるんだな」

　勇吉を引ったてて行った。

「畜生、畜生、畜生」

　地団駄踏んで悔しがる五助に、

「着ているのはいつもその派手目な縞柄かな?」

　季蔵は訊かずにはいられなかった。

「そうだよ。着たきり雀《すずめ》の貧乏で悪いかよ」

　五助は突っかかってきた。

「ならば、勇吉さんに頼まれて千田屋に簪を届けたろう?」

　一瞬、言葉に詰まった五助だったが、

「知らねえよ、そんなこと」

　白を切って見せた。

「それはまあ、いいとしよう。ところで、勇吉さんを助けたい気持ちは本物か?」

「あたぼうよ、あんないい人、この世にいるかよ」

　五助は大声を上げた。

「俺さ、どんだけ、勇吉さんに世話になったか知れねえんだ。あの人、このままじゃ、死罪だろ?　何としてでも助けてえ――」

　また涙声である。

「だったら、勇吉さんが下手人ではないという証を一緒に見つけないか?」

「そんなこと出来るのか?」

「行きがかり上、松次親分は勇吉さんを下手人としてひったてて行ったが、大番屋に移されるのはどんなに早くても明日だ。それまでに、勇吉さんが下手人ではないという証を摑みたい」

「それ、もしかして、骸が真の下手人の手掛かりになるってことかい?」

五助は意外に賢かった。

「そうだ」

「俺、やる。見つけるぜ、絶対、勇吉さんが潔白だってえ証」

「頼む」

二人は段兵衛長屋の木戸門を潜《くぐ》り抜けた。

八

「肝心なことを聞き忘れていた。殺されたのはどんな人なのだ?」

季蔵に訊かれると、

「ごろつきの芳三《よしぞう》だよ。誰かれかまわず、ちょっかいを出したり因縁をつける嫌われ者さ。俺も好きじゃあなかった。あんな奴、誰でも御免だろうさ。殺されたって仕様がねえような奴だ」

五助は本心をぶちまけた。

「勇吉さんと芳三さんの仲は？」

「芳三は何通も只で恋文を勇吉さんに書かせてたんだ。勇吉さんは誰のことも悪く言う人じゃないから、文句は言ってなかった。女にたかって生きてけるほど、芳三はもててたんだ。これと狙いを定めた女は外さねえってえのが奴の自慢だったんだ」

二人は骸がある芳三の住まいの前まで来ていた。

灯《あか》りが洩れている。

「御免ください」

油障子を開けるとぷんと線香の匂いが鼻をついた。

「お多代《たよ》さん」

五助が女の後ろ姿に声をかけた。

小綺麗《こぎれい》ではあるが三十路《みそじ》近いと思われる女が振り返って、

「まあ、五助さん」

溢《あふ》れ出て線となっていた頬の涙を指で押さえた。

芳三の骸は蒲団の上に寝かせられ、夜着をかけられている。

枕元の線香が紫色の煙をゆらめかせている。

「中島《なかじま》先生が〝このままじゃ、仏が可哀想《かわいそう》だ〟とおっしゃるんで、二人で芳三さんの骸を、土間から上にあげたんです」

「中島先生とはどなたです？」

季蔵は口走ってしまってから、気がついてあわてて挨拶をした。

「この人、勇吉さんの身の証をたてるのを手伝ってくれるっていうんだよ。お多代さんだって、あの勇吉さんが芳三を手に掛けたなんて思ってやしないだろ？」

五助の言葉に、

「それはもちろんよ。でも、芳三さん、勇吉さんのことを――」

お多代は言いかけて口籠《くちご》もった。

「知っていることは話していただけませんか？　真の下手人をお縄にするためです。そうしないと芳三さんも浮かばれません」

骸となってしまった芳三の顔は、首を絞められたような痕《あと》さえ見なければ、すがすがしいまでに清らかだった。

生前の遊蕩三昧《ゆうとうざんまい》で嫌われ者だった頃の卑しい面影はもうどこにも見受けられなかった。

「うっ」

お多代が両手で顔を被った。

「お多代さん、あなたは――」

季蔵は声を低めて話しかけた。

「そうなんです」

お多代は顔から両手を外すと、

「あたし、芳三さんが好きでした。長屋の人たちには知られないように、あたしが仲居をしてる喜泉亭《きせんてい》の前で落ち合っては、人が滅多に立ち寄らない古い神社のお堂で――。病気のおっかさんの世話で行き遅れたあたしは、おっかさんが死んだ後は抜け殻みたいになっちゃって、芳三さんだけが生き甲斐でした」

「あんた、芳三が女たらしなのは知らなかったのかい？　長屋中の噂だったじゃないか？」

　五助は呆れた様子で訊いた。

「そんな噂があるなんてこと、どうしても芳三さんには言えなかった。でも、ご贔屓にしてもらってる大店の若旦那に、寝ても醒めても頭から離れない相手に恋文を出したいって相談されて、勇吉さんに頼んでみますと約束して、勇吉さんのとこへ行った時のことでした。あたし、芳三さんと勇吉さんが言い争う声を聞いたんです。〝もう、これ以上、娘さんたちを弄《もてあそ》ぶのはおやめなさい。金を搾るのはまだ大目に見るにしても、そんな男と関わった女はな、身体だけではなく、何より心が傷つくものなのだ〟と、勇吉さんはいつになく強い物言いで、芳三さんは、〝どうしても嫌と言うなら、この長屋に居られないようにしてやる、その意味はわかってるな〟と脅していました。それで、あたし、大年増のあたしは、金ヅルにしかすぎないんだってやっとわかったんです」

「それで、芳三さんに別れを告げに来たのですね」

「ええ、思い切って。でも、あの男《ひと》、にやにやするばかりで、あたしを押し倒そうとしたんです。あたしは覚悟を決めてたんで何とか逃げようとして、突き飛ばし、そのまま逃げたんです。勇吉さんが芳三さんを訪ねて、骸を見つけたと騒ぎ始めた時は、あたしのせいであの男は死んだと思いました。まさか、首を絞められて殺されていたなんて――。あたしは首なんて絞めていません」

お多代は季蔵の目を見てはっきりと答えた。

「勇吉さんが芳三さんを訪ねたと言いましたね。言い争っていたというのに何の用だったのでしょう？」

「あんた、まさか、やっぱり勇吉さんが殺したなんて言うんじゃないだろうな」

五助は声を荒らげた。

「骸を検《あらた》めてみましょう」

季蔵は夜着を剥いで芳三の襟元を広げた。

刺し傷から出血して固まった痕があった。

「えっ」

お多代の顔色が変わった。

「あたしじゃありません。あたしは、ただ突き飛ばしただけで――」

「この傷は心の臓から大きく逸《そ》れていますし、刺し幅も深さもそれほどでもなさそうです。芳三さんはこれで亡くなったのではありません。やはり首を絞められたのが原因でしょう」

季蔵が言い切ると、

「何で芳三が刺されなきゃなんなかったんだ？」

五助は首をかしげた。

「勇吉さんの住まいはどこです？」


五助が季蔵を案内した。

「わたしの見方が間違っていなければ――」

季蔵は勇吉の文机《ふづくえ》の引き出しを開けた。

大事にしている紙や筆、硯《すずり》、墨等と一緒に血のついた匕首《あいくち》が並んでいる。

「こ、これは――」

五助が息を呑んだ。

「覚えがあるようだ」

「い、いや――」

「正直に話してもらわないと勇吉さんを助けることができない」

「お、俺のもんだよ。なんでここにあるのかわからないけど、あいつが持ってたとしたら俺のだ。何日か前、売り歩いてる正月飾りを俺がちょろまかしてるって、芳三はお上に言いつけるって言ってきたんだ。かっとなって喧嘩《けんか》になった。負けて、〝こりゃあ、いいもの見つけたぜ、俺もこんな具合のものがほしいと思ってたところだ〟って、にやついて、懐に呑んでた匕首まで芳二に取られた。何とか取り返そうとしてたところだった」

「それで、芳三さんのところへ行った――」

「そうだよ。その時は芳三の奴、元気だった。俺が返してくれって頼むと、法外な金を出せって言ってきた。喧嘩じゃ負けるから、油障子を蹴《け》り飛ばしてきただけさ」

「お多代さんが来たのはその後だったわけだな」

「でも、お多代さんが突き飛ばしただけだとしたら、誰が匕首で刺したんだ?」

五助が首をかしげた時、油障子を開ける音がして、

「ごめんなさい。あたし、まだ話してなかったことがありました。あいつはそれであたしを脅したんです」

やや青ざめたお多代の顔が血のついた匕首を見据えている。

「もの凄い形相で、〝俺から逃げようとしたら殺す〟って。だからあたし、夢中で――」

「逃げようと突き飛ばしたんですね」

お多代は頷いた。

「その時、弾みで芳三さんは手にしていた匕首で自分の胸を突いてしまったのです。そして、次に勇吉さんが恋文の代書の件で、芳三さんから呼び出されていたので訪ねてきたのでしょう。そこで勇吉さんはこの匕首で胸を刺して、死んでいるように見えた芳三さんを見つけたんです。ところで、おまえ、勇吉さん相手に匕首の自慢をしたろう?」

季蔵は五助の方を向いた。

「勇吉さんのところで飯を食わしてもらってた時、懐から端が見えちゃって。勇吉さん、

怒らなかったよ。〝わたしにも男の子がいたら、こんな心配もするんだろうな〟って言ってから、〝こんなものを頼りにしなくてもいいようになれるといいんだがな。早くわたしが預かりたいものだ〟って——。勇吉さん、芳三のそばに落ちてた匕首を見て、俺が奴を殺ったって思い込んじまって、それで、きっとそれで——」

五助は言葉が掠《かす》れ、

「勇吉さんは場合によっては自分が罪を被るつもりで、この匕首を懐にしまい、家に帰ってここに隠したんです。その後で再び、芳三さんのところを訪ねて、骸になっていると報《しら》せたのは、たとえ好ましくない相手であっても、そのままにしてはおきたくなかったお人柄ゆえでしょう」

後は季蔵が続けた。

九

「芳三のとこには行ったけど、俺もお多代さんも勇吉さんも殺ってないとすると、いったい誰が絞め殺したんだい？」

五助は首をかしげ、

「まずは戻ろう」

季蔵は骸のところへ戻った。

「ささやかな通夜振る舞いですが——」

一度自分の家に帰ったお多代が、塩で握ったにぎり飯にほうじ茶を添えて運んできた。

両手で摑んで握り飯を食べ終えた五助は、

「お多代さんが芳三を突き飛ばして逃げて、勇吉さんが俺の匕首を胸から抜いて隠した後、誰かがまだ息のあった芳三を殺したってことだよな。いくら嫌われ者の芳三だからって、手出しできねえ奴にそんな酷いことをするのは許せねえよ」

薄汚れた壁を下手人でも見るかのように睨《にら》み据えた。

「尻切れ蜻蛉《とんぼ》になってた中島先生のことなのですが──」

季蔵はお多代に訊いたのだったが、

「中島文之助《ふみのすけ》先生、このちょっと先で手習いを教えてる。勇吉さんほどじゃないけどいい人だ。年寄りだけど熱い想いがあるんだよ。〝人ならば学べ、学べ。学べば必ず道は開ける、学ばずば地を這う虫にも劣る〟って耳にタコができるほど、俺、聞かされてるよ。俺に身を入れる仕事がないのが、読み書きができねえせいなのは、ほんとなんだ。爺《じい》さんは、俺は先生をこっそりそう呼んでるんだけど、夜、家に来ればいつでも教えてやるって言ってくれてる」

五助が応えた。

「どうして、中島先生はあなたに芳三さんの供養をもちかけて、骸のあるところへと誘ったんでしょうか?」

季蔵はお多代だけを見ていた。

「それは――」

口籠もったお多代だったが、

「中島先生とはおっかさんが生きてる頃からの知り合いです。手習所へ来るとお金がかかるからって、この長屋で教えてもらって、曲がりなりにも、あたしは読み書きができるようになったんです。いつからかまでは覚えてませんけど、先生には芳三さんのこと相談してました。先生はずるずるつきあい続けることに反対でした。思い切って別れないと、いい縁も降ってこないだけじゃなく、いつか、めんどうなことに巻き込まれるって――」

「中島先生と芳三さんとの仲は？」

季蔵は五助に訊いた。

「いいわけないだろ。顔を合わせると、中島先生は面と向かって、〝このゲス、クズ〟って罵ってて、芳三の方は〝くたばり損ないのおしゃべり爺《じじい》〟ってやり返してた」

「芳三さんが殴りつけるようなことは？」

「そこまではありませんでした」

お多代の言葉に五助が頷いた。

「芳三さんがここに住むようになったのは？」

「あたしたちの始まりと同じ一年前です」

お多代は顔を赤らめた。

「この一年の間、前と変わったことはありませんでしたか？」

「俺も芳三と同じ頃、ここへ移ってきたからその前のことはわかんねえ」

五助はお多代を見遣《みや》った。

「時折、犬猫の死骸《しがい》が厠《かわや》に捨てられているようになったのは、この一年のことです。井戸に放《ほう》り込まれないだけましだって言う人もいますけど、とにかくあたしは気味が悪くて――。その前にはそんなことありませんでした」

「芳三ならやりかねねえな」

「何のために？」

季蔵は五助を見つめた。

「どうせ嫌がらせだろ。ここじゃ、嫌がらせが仕事みてえだったから」

「それだ」

季蔵は言い切って、

「芳三さんがここへ住み着いた目的は嫌がらせだったのです。他に変わったことはありませんでしたか？　長屋に住む人たち全員に関わってくるような――」

お多代と五助を交互に見た。

「そういや、大家の源造《げんぞう》がちょこちょこ顔出して、今までは待っててくれてた店賃の催促に精出してるな」

「でも、源造さん、以前はきちんと店賃を納めてる店子には、にこにこ顔だったっていうのに、ここ一年は渋い顔よ。あたしにもしかめっ面で、これにはあんまりだって思いました。うれしくないみたい。どうしてなのかしら？」

「ところでここの店賃は？」

「何しろ古いですから――」

お多代が割安の店賃を口にすると、

「ここいらは、どんどん長屋が新しくなってて、店賃はここより倍近くの高値のところばかり。ここはこの程度だから、俺だって住めるんじゃねえか」

五助は幾分愛《いと》おしそうに雨漏りのする天井を見上げた。

「地主の段兵衛さんに頼まれて、大家の源造さんもここを新しくしたいのではないかと思います」

大家とは、地主に雇われた管理人である。

「そうだとすると、源造さんにしかめっ面された理由もわかる。ようは今の店賃を払って長く住んでて貰いたいんじゃなくて、早く出て行ってほしいからなのね――」

「俺みたいに店賃溜めてる奴は、いざとなったら、追い出しちまえばいいけど、店賃に律儀なお多代さんたちはそうはいかねえ。それで芳三を雇い、じわじわと嫌がらせをして、ここに見切りをつけて引っ越すのを待つってえ魂胆だったんだ」

五助は明晰《めいせき》に言ってのけ、

「芳三さん、あたしとのことは仕事のついでだったんですね」

お多代はふっきれた表情になった。

「ところがそうは易々《やすやす》とは運ばず、源造さんは芳三さんを役立たずと見なして、業を煮やしていたはずです」

「それじゃあ、芳三さんを殺したのは源造さん？」

「そりゃあねえだろ。源造の顔を知らねえ者はここにいねえ。あいつがやってきた時は、いつも木戸門の前に赤い木札が置いてある。あいつは来てねえよ」

「だったら誰が？」

「真の下手人はわかっています」

季蔵の一言に、お多代と五助は顔を見合わせてごくりと生唾を呑んだ。

「ところでお多代さん、今日のお勤めはどうされました？」

季蔵が訊いた。

「今日は夕方からだったんですけど、気が動転してしまって仕事は無理だと思い、休ませてもらうことにしました。喜泉亭さんには中島先生が伝えてくれるとのことなのでお願いしました」

「ここと喜泉亭さんはそう近くではありませんね。中島先生はあちらの方にご用があったのでしょうか？」

「くわしいことは聞いていません」

「先生はたぶん、喜泉亭で大家の源造さんと話をされているはずです」

そう言い切った季蔵は懐から懐紙、矢立てから筆を取り出すと、さらさらと以下のように書いた。

急ぎ喜泉亭にて会食中の中島文之助、段兵衛長屋大家の源造を、芳三殺しの罪で番屋にてお取り調べください。

季蔵

「これをすぐに松次親分まで届けてくれ」

季蔵に頼まれた五助は、この文を手にして番屋まで走った。

お縄になった中島と源造は当初、知らぬ存ぜぬを通していたが、芳三の胸を刺した匕首の持ち主である五助、突き飛ばして胸に傷を負わせたお多代、そして、五助が下手人ではないとわかって、真実を口にした勇吉の三人の証言には勝てなかった。

「地主の意を汲んだ源造さんに頼まれて段兵衛長屋の住人追い出しを目論《もくろ》んでいました。仲間の芳三の嫌がらせで追い出す算段をしていましたが、思うように運ばず、〝ここはもう、殺しでも起きて、夜な夜な幽霊でも出ないと、引っ越してはくれないだろう、殺れ〟と源造さんに命じられました。そうは言っても、長屋の皆とは長いつきあいで、殺す相手の目星をつけかねていた矢先、呼ばれて芳三のところを訪ねました。芳三は小遣いがなくなるとわたしにせがむというよりも、都合しないと、自分の仲間だと皆に話すと脅しをかけてきていたのです。声を掛けたが応えはなく、中に入ると芳三が土間に転がっていました。あの時、助ければ命はあったかもしれません。ですが、咄嗟に閃《ひらめ》いたのは、このどうしようもない男こそ、死んで当たり前の奴で、これで源造さんも得心してくれるということだけでした。首を絞めた手拭《てぬぐ》いはいつも袂《たもと》にしまって持ち歩いているもので、無我夢中のあまり、土間に落としてきてしまったとわかって、取りに行くために、お多代さんに供養をもちかけたのです。後で人目のないところで、焼き捨てようと思っていましたが、ここにまだこうしてあります。何とも恐ろしい、取り返しのつかないことをしてしまいました」

自分の犯した罪に戦《おのの》く中島は、ぶるぶる震えながら凶器の手拭いを差し出した。

一方、黒幕だったと名指しされた源造は、

「たしかに長屋を建て替えたいと地主の段兵衛さんは言っていましたが、芳三を雇ったことも、そんな恐ろしいことを先生に頼んだ覚えもありません。喜泉亭で会っていたのは、芳三という店子が殺された報せと一緒に、先生の方から折入って話があると文をいただいたからです。わたしも忙しいですが、先生は段兵衛長屋のご意見番的な方でもあり、常々、ご老人には礼節を尽くしたいと思っておりましたので」

巧みに言い逃れた。

後日、お解き放ちになった勇吉は季蔵に深々と頭を下げて礼を言った。

「段兵衛長屋を通りかかってくだすったあなたのおかげで、覚悟していたとはいうものの、首を刎《は》ねられずにすみました。何と御礼を申し上げたらいいか——」

「実はわたしが通りかかったのは偶然ではないのです」

季蔵は千恵からの預かり物の簪を出して見せて、

「あなたは良吉さんですね」

「もう何年もそうは呼ばれていませんが——」

勇吉は自分が千田屋の入り婿だったと認めた。

「千恵さんが婚礼の前に是非お父さんと会いたいと言っています」

「わたしも想いは同じです。風の便りで千田屋の祝言のことを耳にすると、幼かった千恵との約束を果たしたくて、もう、いてもたってもいられませんでした。わたしは死んだことになっていて、千田屋に墓や位牌《いはい》のある身ですから、そんなことをしてはいりないとわかっていても——」

「お内儀さんの松江さんも会いたい想いはおありだと思います」

「松江はしっかり者でしたが、気の細やかな優しい女でした」

「もしや、千田屋良吉という身分を捨てたのは、姑の梅乃さんの厳しい気性ゆえですか？」

「亡くなったとは聞かないので、お義母《かあ》さんはまだ元気なのでしょうね」

「隠居をされていますが、千田屋の奥を取り仕切っておいでです」

「それはよかった」

良吉は心から安堵《あんど》した様子で、

「実家《さと》が両替屋のわたしは生まれついての出来損ないで金勘定が嫌いでした。たしかに金がなくては生きていけないのが人ですが、これに一喜一憂しすぎて、振り回されているように思えたからです。金より大事なものがあると信じていました。ようは、両替屋に限らず、商いに不向きな性分だったんです。勘の鋭いお義母さんが怠け者とわたしを罵り続けたのは、そんな本性を見抜いていたからにちがいありません。千田屋の入り婿でいる頃のわたしは、広い世間にはきっとどこかに、わたしの天職があると思い続けていました。遅かれ早かれ、わたしは今のような生き方をしていたと思います」

「松江さん母子を連れて出て、新しい生き方をしようとは思わなかったのですか？」

「一人娘の松江はお義母さんに、千田屋の跡取りとして厳しくしつけられる一方、何不自由なく育てられ、それを当然のことのように受け止めていました。そんな松江に他に生きられる道があるとは思えなかったんです。血を分けた千恵とは別れがたかったんですが、お義母さんと松江が見守っている限り、すくすくと立派に育つことは目に見えていました。ようは、残していく家族に何の憂いもなかったのです。むしろ、常にわたしとお義母さんの間に挟まり、心労の多すぎる松江が、楽になれるいい方法だとさえ思えました。ただ、意外だったのは、松江がずっと独り身を通したことです。あのお義母さんなら、死んだことになっているわたしの喪の明けるのを待って、釣り合いのとれたところから、婿を取るものとばかり思っていたからです。千田屋の五代目には男の子がほしかったはずです。お義母さんは血のつながらない婿と千恵との仲を案じたのでしょうか？」

「このところ目に見えて弱ってきておられるという梅乃さんは、あなたが死んだことになってから、知る人ぞ知る生鮭料理屋へ通うようになって、今ではあなたも口にしたことのないはずだという、蝦夷料理の逸品も御存じです。鮭好きにかこつけてあなたを叱りすぎたことを深く悔いて、供養も兼ねて無類の鮭通になったのではないかと、松江さんは話していました。いかがです？　そんな梅乃さんの肩の荷を軽くしてあげては？」

「お義母さんはそこまでわたしのことを――。思ってもみないことでした――。申しわけありません。他人事《ひとごと》をここまで親身に案じてくれているあなたを前にしても、すぐには答が見つからないのです。今、しばらく考えさせてください」

良吉はさらに深く頭を垂れた。

季蔵は簪を千恵に返してこの話を伝えた。

「あたしが迎えの駕籠《かご》を用意して、その長屋に押しかけるっていうのはどうかしら？　何なら、おっかさんやお祖母さまも一緒に――」

「そんなことをしたら良吉さんは逃げ出すかもしれません」

「季蔵さんから、もう話は聞いてるんだもの、しまった、見破られたって思って、今日にでも逃げ出すかもしれないじゃないの。そんなことになったら、あたしたち、一生もう、おとっつぁんに会えない。ぼやぼやはしてられないわ」

「良吉さんは逃げたりはしないはずです」

「言い切れるの？」

「はい。ですから、どうか、良吉さんが出す前向きな答を待ってあげてください。この通りです」

季蔵が頭を垂れると、

「わかりました。あたし、季蔵さんじゃなくて、おとっつぁんを信じます」

千恵はやっと頷いてくれた。

第二話　兄弟海苔

一

師走《しわす》も半ばになり、塩梅屋《あんばいや》の昼時は五目おこわを目当てにいつも長蛇の列が出来ていた。五目おこわは味にコクがあって食べ応《ごた》えがあるだけではなく、持ち帰りもできるとあって人気なのである。

「近くまで来たもんだから」

そんな客の一人に指物師《さしものし》で以前は常連だった勝二《かつじ》の顔があった。

勝二は指物師の親方の娘を射止めて入り婿《むこ》になったのだった。

ところが、待ち望んでいた孫の顔を見て、じじ馬鹿を発揮していた舅《しゅうと》は急逝してしまい、暢気者《のんきもの》の勝二はそれまで以上に懸命に腕を上げなければ妻子を養えなくなった。そのためには一にも二にも技磨きが先決で、足が自然に塩梅屋から遠ざかって久しかった。

「喜平《きへい》さんや辰吉《たつきち》さんは元気にしてるかな」

履物屋の喜平と大工の辰吉は勝二のいい飲み仲間であった。

「辰吉さんは家族の分も持ち帰るし、喜平さんはお嫁さんに買いに来させるのよ。辰吉さんの恋女房のおちえさんは、五人分一人で食べるみたいだし、喜平さんが寝姿を盗み見て隠居させられる因《もと》になったっていう、息子さんのお嫁さん、初めて会ったけど、喜平さん好みのそりゃあ、綺麗《きれい》な女《ひと》よ」

おこわは持ち帰りかどうかを客に訊《き》いて、皿に盛りつけて箸《はし》を渡したり、三吉《さんきち》に竹皮に包ませたりするのはおき玖《く》の役目である。

「相変わらずだね」

勝二は笑うと額と目尻に皺《しわ》が刻まれるようになっていた。

「さっき、気がついたら後ろの方に、ちょくちょく仕事をくれる浅草屋《あさくさや》さんが並んでた。あんなに立派な店の御主人なのにって驚いたよ」

浅草屋は市中で指折りの海苔屋《のりや》で、並んでいた時吉《ときさち》はその二代目であった。

「何でも、浅草屋さんは子どもの無事を祈る慈童《じどう》神社の氏子総代をしていて、そこに詣《もう》でた帰りだそうです。俺は慈童神社に詣でる代わりに、よし、女房子どもの分も買って帰ろう」

「おまけしとくわね」

おき玖の言葉に、

「合点」

相づちを打った三吉は、山のように五目おこわが蒸し上がっている大きな鮨桶《すしおけ》の前に陣取っている。

たっぷりの量の五目おこわを杓文字《しゃもじ》で竹皮に載せて包んだが、何もこれは勝二や持ち帰り用のためだけではなく、誰がどう頼んでも大盛りなのであった。

「それじゃ。喜平さんや辰吉さんによろしく言っといてくれ」

「身体《からだ》に気をつけて元気でね」

おき玖が勝二を見送ってしばらくすると、

「美味《おい》しい五目おこわをご迷惑でなければ三十人分お願いします。後で蒸し直して奉公人たちの夜食にしてやりたいのです。海苔は冬に新物が出るので、海苔屋はこれからしばらくがかき入れ時です。ところでこれを先代の仏壇に供えさせていただきたいのですが――」

渋紙に包まれているものを示し、浅草屋時吉はおき玖に告げた。

時吉は年齢の頃は四十歳少し前で、やや肥え気味の中背ながら、不自然ではない笑顔がさわやかな印象であった。

「ありがとうございます」

次の客あしらいで忙しいおき玖に代わって季蔵《としぞう》が応対に出た。

三十人分の注文と聞いて、季蔵はすぐに竈《かまど》に火を熾《おこ》した。普段は特大の蒸籠《せいろ》で三度蒸し上げれば足りる五目おこわが、今日は四度になる。

「お嬢さん、浅草屋さんを離れに」

「お忙しいところをすみません」

時吉は恐縮し、

「とんでもない、おとっつぁんもきっと喜びます」

おき玖は襷《たすき》を外した。

それからしばらくして時吉を見送って戻ってきたおき玖は、また三吉と並んで客の応対を続けた。

このところ毎日だったが、やっと客が途絶え、塩梅屋の三人は遅い昼餉《ひるげ》を摂《と》ることになった。

「いつも残った五目おこわじゃ、飽きちゃってるでしょうから、今日は浅草屋さんから教わった海苔めしにしてみるわね。浅草屋さんじゃ、倹約家で誰にも無駄をさせなかった先代のお父さんが、売り物にならないハネ海苔で、これだっていう、極めつけの賄いめしを思いついたそうなのよ」

渋紙に包まれている抄《す》き海苔を、仏壇から下げてきて焙《あぶ》って使うつもりである。

「時吉さんね、今年の抄き海苔は会心の出来で、きっとあの世のおとっつぁんにも褒めてもらえるはずだって言ってたわ。それなら、おとっつぁんのことだもの、海苔のまま置いとくより、料理にした方がもっと喜ぶでしょ？　それと、これは炊きたてのご飯じゃないと駄目なんだそうよ。今から炊くわね」

おき玖は竈に火を熾した。

「おいら、お腹《なか》と背中の皮がくっつきそうだから、五目おこわ、一碗《わん》食べとこうっと」

三吉は待ちきれなかった。

「これの胆《きも》は出汁《だし》と薬味よ」

素早く米を研いで竈にかけたおき玖は得々と説明をはじめた。

「手伝いましょう」

季蔵はおき玖の隣に並んだ。

「それじゃ、季蔵さんは海苔めしに合う出汁を取ってちょうだい。これは代々のお内儀さんだけが伝えてきた、浅草屋さんの秘伝だそうで時吉さんも知らないんだそうよ。だから、季蔵さん流の出汁をね」

すり下ろした山葵《わさび》と白髪葱《しらがねぎ》、細切りの柚子《ゆず》を用意する。

季蔵は鰹節《かつおぶし》と昆布を合わせてとった出汁に、梅風味の煎《い》り酒を加えて奥行きのある風味を持たせた。

湯気も匂《にお》いも食欲をそそる飯が炊きあがると、おき玖は七輪に火を熾し長四角の抄き海苔を焙り始めた。

何とも清々《すがすが》しい磯の香りが店の中に漂い、思わず目を閉じたおき玖は、

「ああ、いい匂い。まるで、春の海辺にいるみたいだわ」

ふーっとため息をついた。おき玖は三人分の飯茶碗に炊きたての飯をよそい、千切った抄き海苔を飯が隠れるほどたっぷりと載せて、山葵と白髪葱、細切り柚子を中ほどに飾っ

た。

あつあつの出汁を季蔵がかけまわして、浅草屋の主《あるじ》に教えられた海苔めしが出来上がった。

三人は夢中でこれを掻《か》き込んだ。

「お腹空《す》いてたこともあるけど美味しい‼」

歓声をあげたおき玖に、

「さすが海苔屋さんの賄いだけのことはあります」

季蔵は大きく頷《うなず》き、

「おいら、五目おこわを一膳《ぜん》食べてたけど、これならまだ食べられる」

三吉は早速お代わりの飯茶碗をおき玖に差し出した。

「お嬢さん、とっつぁんの分も作ってください」

「もちろん」

おき玖は洗ってあった長次郎《ちょうじろう》の飯茶碗を取り出した。

「ご飯や出汁、海苔や薬味もまだたくさんあるから、ゆっくり食べててね」

そう言って海苔めしをよそった飯茶碗を盆に載せて、仏壇のある離れへ行こうとするおき玖に続いて季蔵も一緒に勝手口を出た。

「とっつぁんに汁かけ飯は料理の基本だと教えられたことを思い出しました。そんな汁かけ飯の中でも、飯と出汁、海苔と薬味だけのこの浅草屋さんの賄いほど、素材がモノを言うものはないと思えます。まさに汁かけ飯の中の逸品です。とっつぁんに手を合わせて、この想《おも》いをあの世まで報《しら》せたいと思います」

「時吉さん、おとっつぁんと約束してたんですって。自分のところの売り物で、これ以上はないと思える、抄き海苔に出会えたら、必ず、塩梅《うち》屋へ持ってくる。そして、おとっつぁんはそれを使って海苔料理を拵《こしら》えるって――」

「とっつぁんとは知り合いだったのですね」

それにしては今まで店に立ち寄ったことなどないのが不思議だった。

離れに入ったおき玖は海苔めしを供えて、

「おとっつぁん、時吉さんのとこの海苔で作ったとびっきりの海苔めしよ。時吉さんもすっかり元気になって幸せそうだったでしょ、安心してね」

季蔵と共に手を合わせた。

「あたし一人の胸にしまっとくのは重すぎるから、時吉さんの家族のこと、話していいかしら？」

「はい」

「時吉さんが今のように気持ちが明るくなったのは、そんなに前のことではないそうなの。浅草屋の次男は神隠しに遭ったんですって。四歳になる長男があやしてたんで、つい目を離してしまった隙《すき》に、いなくなってしまったとか。その時まだ赤子だった次男のことが、片時も頭を離れなかったそうよ。長男が責めを感じては可哀想《かわいそう》だと、その後、その弟のことを話さなくなったからなおさらね。お酒を飲むと深酒しがちで、たまたま迷い込んだのがここでおとっつぁんと出会ったってわけ。お酒のせいで、泣き上戸の愚痴話を延々と続けて、いつしか、時吉さん、おとっつぁんを早くに亡くした自分の父親に重ねてたらしいのね。これじゃ、いけない、商いがおろそかになると案じたおとっつぁんは、いなくなった次男のことで、いつまでも落ち込んでいる時吉さんを、〝江戸一の海苔を売れるようになったら、江戸一の海苔料理を作って食べさせてやる。それまでは、どんなことがあっても、もう、ここへは来ちゃなんねえ〟って、それはそれは厳しく叱《しか》ったんですって。それで時吉さんはここへはずっと姿を見せなかったのよ」

二

「江戸一の海苔となると、ここまで質を極めるにはたいした時がかかるはずです」

海苔は当初、年の瀬、葛西《かさい》浦から運ばれてきて、門前町である浅草の市で売られていた高価で貴重な逸品だった。

主に品川の海でヒビ建て養殖法を用いて、増産が可能になったのは享保年間（一七一六～一七三五年）以降のことである。

ヒビとは魚の生《い》け簀《す》用の柵《さく》であり、これに天然海苔がよく付くことに気づいた浅草の漁師弥平が養殖、増産への道を開いたとされている。

その後、上野に建立された寛永寺の僧侶《そうりょ》天海は、西国の寺院の采配する昆布に対して、江戸の寺院の代表的な精進食材として海苔を推し、浅草の名物として各方面への贈答品に自らも使い、ことあるごとに勧めた。

浅草の海苔商人は寛永寺により、育てられた感があった。

「江戸一ということは、寛永寺が太鼓判を押したものってことですものね」

「浅草屋さんがここまで極めるには、まず最高の海苔職人を雇い入れなければならなかったでしょう。そして、浅草屋さん自身も、目利きならぬ味利きになる必要があった。その上、ヒビで作るとはいえ、海苔の味はその年の天候や海や潮の様子等、自然の力によって決まるものです。並み大抵の苦労ではなかったはずです」

「だからこそ、辛《つら》いことを忘れて打ち込むことができたんだと思うわ」

「そして、今は子どもの無事を祈る、慈童神社の氏子総代をなさっている――」

「次男はまだ行方知れずだけれど、お内儀さんは三男に恵まれて、もう跡継ぎにも心配はなく、時吉さんは〝きっとあの次男が、神様にでもなって、わたしたちを見守っていてくれるような気がしてなりません〟って言ってたわ」

おき玖はしんみりと声を落とした後、

「そうそう、時吉さん、明日にでも、甕《かめ》一杯の海苔を届けるって言ってたわよ」

海苔は茶商人が用いるような陶器の甕におさめて、吸湿性の高い炒《い》り米等を加え入れ、渋紙で外から甕の口をぴっちりと封じて保存されていた。

ちなみに和紙に渋柿から作る柿渋を塗って、天日乾燥、燻煙《くんえん》して仕上げる渋紙にも、強力な吸湿性がある。

「それでは、とっつぁんが約束したという、とっておきの海苔料理を拵えなければなりませんね」

「海苔料理なんて、おとっつぁんが作ってたの、あたし、見たことないわよ」

おき玖は不安そうに呟《つぶや》いた。

「探してみましょう」

季蔵は納戸の戸を開けた。

中には長次郎が遺した陶器や漆器、膳等の食器類の他に、料理本がうずたかく積まれていて、主に料理法を書き記した日記の類《たぐい》もあった。

「それじゃ、あたしは店の仕込みをするわ。この時季はいつものように夜だけじゃなく、昼賄いがあるんで、身体が幾つあっても足りやしない」

おき玖が出て行った後、季蔵は、まずはぱらぱらと日記をめくって眺めた。

海苔料理について書かれた箇所はなかったが、備忘録として以下のようにあった。

源頼朝公の朝廷への岩海苔献上は有史に名高い。浅草屋主来訪の折、頼朝公により編《へん》纂《さん》された〝浅草海苔料理鎌倉鏡〟にて、海苔料理作製のこと。

――〝浅草海苔料理鎌倉鏡〟という料理本がここのどこかにあるはずだ――

季蔵は一冊一冊、丹念に料理本を当たって行ったが、目当ての本は見当たらなかった。

そのうちに、

――待てよ――

はっと気がついて、

――そういうことだったのか――

肩でふうと息をつきながら、本をまた元通りに積み上げた。

「季蔵さん」

おき玖が納戸の戸を開けて、

「今さっき、暮れ六ツ（午後六時頃）にお奉行様がおいでだという報せが届いたわよ」

北町奉行烏谷椋十郎《からすだにりょうじゅうろう》は童顔で巨漢の食通であった。ただし、料理だけが目的で立ち寄るのではなかった。

「よかった、ここをちょうど片付け終えたところです」

季蔵は料理でもてなしつつ、烏谷と離れで向かい合うのが常であった。

「海苔料理、おとっつぁん、何か、書き遺してた？」

おき玖は気がかりのようだった。

「〝浅草海苔料理鎌倉鏡〟」

「そういう本があったのね」

「いや。頼朝公が朝廷に岩海苔を献上していた頃には、ヒビ建でも、今のような浅草海苔もありませんから。浅草屋の江戸一の抄き海苔での料理は、自分で考えろと書き遺しているのです」

季蔵は苦笑し、

「おとっつぁんらしーい」

おき玖は笑い転げた。

「邪魔するぞ」

烏谷は変わらず、暮れ六ツの鐘の音が鳴り終わらないうちに塩梅屋の油障子を開けた。

ぎょろりと大きな目を瞠《みは》って周囲を見回す癖もいつもの通りである。

「どうぞ、こちらへ」

離れへ通した季蔵は、千田屋《せんだや》から貰った残りを柚子味噌《みそ》漬けにしておいた、生に近い一塩鮭を奉書焼きにしてみることにした。

これに長崎屋五平《ながさきやごへい》が届けてきた牛酪《ぎゅうらく》（バター）と、まだ少し残っている海苔を混ぜてタレにしてみようと思いつく。

小網町の廻船《かいせん》問屋の主である長崎屋五平とは、噺家《はなしか》を志して二つ目の松風亭玉輔《しょうふうていたますけ》を名乗っていた頃からのつきあいである。五平は噺と同じくらい美味《うま》い料理に魅せられていて、時折、これぞという時季の食材を届けてくれている。

牛の乳を搾った酪漿《らくしょう》（牛乳）を、さらに煮詰めて作る牛酪は、冬のこの時季だからこそ味わえる珍品であった。

季蔵は奉書紙の上に柚子味噌漬けにした一塩鮭を取り、柔らかくした牛酪と千切ってあった海苔を、鋏《はさみ》の刃先でさらに細かく刻んで混ぜ込み、適量を鮭の上に載せると、奉書紙の端と端をつまんで包み上げた。

網をかけた七輪でじっくりと焼き上げていく。

——今日はまた、何のご用なのだろう？——

季蔵が受け継いだのは塩梅屋だけではなかった。先代長次郎の裏の顔は烏谷の命を受け、闇《やみ》に紛れて働く隠れ者でもあり、何と季蔵はこの裏稼業も引き継いでいたのである。

「千田屋の生鮭のことは聞き及んでおるぞ」

膳に上った奉書焼きを広げた烏谷は、薄紅桃色の鮭の切り身を見てにんまりと笑った。

「さすがお奉行様です」

「生鮭を遠く那珂《なか》川から運ばせるには、何と言っても飛脚の足がモノを言う。千田屋の女隠居は市中の飛脚の元締めに、金には糸目はつけないから、とにかく俊足をと頼んだそうだ。〝たかが鮭食い、されど鮭食い〟だと、試作、宴当日と二回の運びを請け負った元締めが、笑み崩れながら呆《あき》れていたぞ。生鮭料理の試作と聞いてぴんと来た。少し前までは本格的な鮭料理をこなす料理人がいて、限られた鮭好きをもてなしていたが、卒中で死んでしまい、興味津々でわしと一緒に通っていた長次郎なら、できぬことはないはずだが、やはりもうこの世にいない。引き受けて試作を行うとしたら、長次郎から薫陶を受けているはずのそちしかおるまいと踏んだ」

地獄耳の上、千里眼の烏谷は、くくくっと楽しげに笑った。

「恐れ入ります」

「それにしても、こうしてわしのために、千田屋からの貰い物を残しておいてくれたのは有り難い、うれしいぞ」

柚子味噌漬けにしたのは、何も烏谷のためではなかったが、季蔵は黙っていた。

「松次《まつじ》に聞いたのだが、そちは近く婿を取る千田屋の娘から、ひょんな頼まれ事をしたそうな――」

「ええ」

季蔵は段兵衛《だんべえ》長屋の代書屋勇吉《ゆうきち》こと良吉《りょうきち》に行き着いたとたん、すでに起きていた芳三《よしぞう》殺しと関《かか》わった経緯《いきさつ》を話した。

「一夜にして、真の下手人を突き止めたのはたいしたものだと、松次が悔しそうに洩らしていたぞ」

「それはただ、良吉さんの身の潔白を信じたかったからです。千恵《ちえ》さんや千田屋さんのためにも」

「そうか、良き心がけよな」

烏谷はうんうんと頷いて、にこにこと笑い続けている。

まだ柚子味噌漬け鮭の海苔牛酪焼きには箸をつけていない。

――これにはきっと何かあるな――

季蔵の背筋にピーンと緊張が走った。

三

「ところで芳三殺しのお裁きはどうなるのでしょうか？」

――源造《げんぞう》は上手《うま》く逃げ果《おお》せてしまうのだろうか？――

「中島文之助《なかじまふみのすけ》と源造は今日の朝、小塚原《こづかっぱら》で首を刎《は》ねさせた。明日には市中に報せる」

「源造もですか？」

季蔵には意外だった。

――源造なら、あの言い分で罪を逃れることのできる伝手《つて》をお上に持っていてもおかしくないはずだが――

「殺された芳三のところの空の水瓶《みずがめ》から、源造がいつも使っている煙管《キセル》が見つかったのだ」

烏谷は大きいだけではなく、よく光る目で季蔵を見据えた。

「そち、調べを抜かったのではないか？」

声に錘《おもり》のような響きがあった。

「水瓶は調べました。煙管などありはしませんでした」

「影も形もなかったと？」

「はい」

「とすると――」

　今度はその目が、ぎらりと刃《やいば》のように光った。

「悪事の確たる証を足して、邪魔な源造を死罪にした者がいたのです。この一件には後ろで糸を引いている者が必ずいます」

季蔵はきっぱりと言い切った。

「そういうことになろうな」

烏谷は傾けていた盃を置くと、

「それにしても、そちの抜かりではなくて何よりであった」

念を押して箸を手にして、

「鮭と海苔の旨味が濃い。まさに冬の贅沢《ぜいたく》、ここに極まれりじゃ」

あっという間に平らげてしまい、

「今度、堪能できるのはいつのことか――」

切なげなため息を洩《も》らした。

後は海苔めしである。

「すみません、今日は品数が少なくて」

季蔵が詫《わ》びると、

「昼賄いで忙しいのだろう。気にするな。これならさらさらと何杯でも食えてしまう。それに汁かけ飯も極上の海苔の風味だと、江戸風流の極みでよい。風流は花鳥風月ではなく、食べ物で愛《め》でるのが何よりだ。一つ吉川様《よしかわ》への自慢ができたぞ」

烏谷は上機嫌で応えた。

南町奉行の吉川直輔《なおすけ》は叩《たた》き上げの烏谷と違って、奥方ともども名門の出で歌なども詠む風流人であった。

「段兵衛長屋の一件、調べを続けてほしい」

烏谷は六杯もの海苔めしを腹に納めたところで言った。

「源造の煙管を水瓶に入れたのは誰かを突き止めるのですね」

「まずはな」

「源造の近くにいた者に絞ることはできません。尾行《つけ》られているとも知らずに茶屋にでも入った源造が、一服した後、厠《かわや》にでも立った時、うっかり、しまいそびれている煙管を、盗むことはむずかしいことではありませんから」

「それでも、奴の周囲に怪しい者がいる可能性は大きいはずだ。これはお上をコケにした、断じて許せぬ絡繰《からく》りだ。心して調べよ」

厳しい口調で命じた烏谷の顔からは笑みが消えていた。

代書屋の勇吉こと千田屋の元主良吉が塩梅屋を訪ねてきたのは、その翌々日のことであった。

列に並んで五目おこわ一人分の持ち帰りを注文した良吉は、

「いただいているお話のお答ではなく、五助《ごすけ》のことで季蔵さんにご相談がありまして

「──」

昼時が終わるのを立ったまま待っていた。

「五助がどうしました？」

季蔵もなぜか気になっていた。

──源造一人が罪を逃れたら、五助の気性からして、さぞかし、怒りがとどまらなくなるだろうと案じたが、一昨日でそうではなくなったのだから、得心はしているはずだが
──

「昨日、二人の処刑が公にされました」

良吉は話し始めた。

「そうでしたね」

さりげなく相づちを打つ。

「中島先生は皆に慕われていた方でもあり、先生一人が罪に問われるのは納得できないと、長屋の人たち全員が思っていました。ですので、そもそも、処刑を喜ぶのはおかしなことながら、このお裁きはよかったと手を叩く者もいました。ところが五助は、ますます怒りを募らせているのです」

「五助はこのお裁きのどこが気に入らないのですか？」

「これは五助がわたしに言っていることです」

前置きしてから、

「当初、五助は、どうして、中島先生が源造の言いなりになって、人一人を殺《あや》めてまで、長屋の人たちを追い出そうとしたのか、わからないと言っていました」

──全くその通りだ──

季蔵は五助の着眼の鋭さに驚いた。

「五助なら理由の見当をつけそうですね」

「あんなことがあったので、先生がされていた手習所は仕舞いになりました。五助はあそこに雇われていた女師匠のところへ行って話を聞いてきました。先生の手習所の謝儀（月謝）は、他所《よそ》に比べて格段に安い上、雇いの先生には他所と同じに教授料を払っていたので、いつもかつかつだったそうです。廃屋ということで只同然の店賃だったから、今まで持ちこたえてこられたのです。そこへ突然、法外な店賃を払えと源造が言ってきたので、先生は手習所を続けるために、良心を鬼にして従うしかなかったんだと、五助は眉《まゆ》を怒らせていました」

「只同然で文句のなかった源造さんが、高額な店賃を払えと言い出した理由は、段兵衛長屋同様、追い出すためだったのでしょうね」

「五助も同じことを言っていました。これには黒幕がいると。罪を逃れるに違いないと誰もが思っていた源造が処刑されたのが何よりの証だとも──。五助はますます荒れてきて、昨日は八つ当たりのような喧嘩《けんか》で相手に怪我《けが》をさせてしまい、駆け付けた松次親分に引き立てられて今は番屋にいます。季蔵さんと松次親分はお親しいご様子なので──」

良吉はすがるような目を向けてきて、

「五助は以前にも、やはり売った喧嘩で番屋のお世話になったことがあります。今度こそ、人足寄場《にんそくよせば》送りになってしまいます」

人足寄場は、隅田川河口の石川島に設置され、当初は改悛《かいしゅん》更生を目的としていたが、時を経るにつれ、収容者の範囲が追放刑の罪人にまで広げられたため人数は増え、内部事情はきびしいものがあった。

「あそこは地獄だとも言われておりますし、わたしも若い頃、佐渡の金山と同じで、上に睨《にら》まれたら最後、働き疲れて死んでからしか外には出られないのだという、ぞっとするような話をさんざん聞かされました」

「五助が寄場送りにならないよう、松次親分に取りなしてほしいというのですね」

「どうかよろしくお願いします」

良吉は頭《こうべ》を深く垂れた。

「わかりました、話してはみます」

「それとあつかましさついでにもう一つ――」

良吉は顔を上げて季蔵を見つめた。

「これほど理詰めに頭を働かせることができる五助が、どうしてそこいらのごろつきと変わらない行いをしてしまうのか、わたしにはどうしてもわかりかねるのです。もしや、五助は自分でも気がついていない深い傷を、心の奥深くにしまいこんでいるのではないかと思われてなりません。それと向き合うことさえできれば、五助は救われて、その場の気分で手を出してしまう、無意味な喧嘩をすることもなくなるのではないかと思うのです。季蔵さん、五助の心の奥に踏み込んでいただけませんか？」

「そういうことなら、五助が父親のように思っているあなたの方が適役では？」

「いいえ、このわたしでは、五助の気持ちにぴりぴりしすぎて、ここを避け、あそこも避けになってしまうのです。それに五助は今回の一件のことであなたに一目置いています。〝ああいう兄貴がいたらいいのにな〟などと洩らしていました」

「出来るかどうかはわかりませんがやってはみましょう」

五助に何とかまっとうに生きてほしい気持ちは季蔵とて同じだった。

四

この後、季蔵は仕込みを終わらせると番屋へと向かった。

「報せようか、どうしようかと思ってたところだぜ」

松次が迎えた。

「当人はいい気なもんであの様子だ」

五助は板敷の上に蹲《うずくま》って眠り込んでいる。

季蔵が良吉が訪ねてきた話をすると、

「決まりじゃ、そろそろ寄場に送ることになる。罪人だ。よっぽど偉《えれ》え人のお声でもかからねえ限り、今度という今度は免れねえだろうよ。可哀想だが自分の播《ま》いた種なんだから、まあ、仕様がねえな」

松次はまずは釘《くぎ》を刺し、

「寄場は厳しいところだ。そう馬鹿でもない五助が、勢いに任せてくだらねえ手出しをするのは、心の心棒がいつもぐらぐらしてて定まらないからだよ。こいつをしっかり据えてやんねえと、寄場を生き抜けねえかもしんねえ。佐渡は病い死にしてお天道《てんとう》さんを仰げるが、寄場は喧嘩死にすりゃ、すぐにでも家に帰れる。寄場じゃ、上の見てねえとこじゃ、誰も喧嘩を止めやしねえのさ。五助は心配だ。もっとも、あいつの生い立ちを考え合わせると無理もねえって気はするが——」

次に顎《あご》をしゃくって土間に置かれていた縁台を季蔵に勧めた。

「五助の生い立ちについて話してください」

「いいだろう。赤ん坊の五助は血の海の中で死んでた母親の近くを這《は》ってたんだよ」

「母親は殺されたのですね」

「そうさ。包丁の刃が心の臓に突き刺さってた。母親の名はお里《さと》。端布《はぎれ》売りを生業《なりわい》にしてたが、乳が出ねえんで、貰い乳したり、米のとぎ汁で凌《しの》いでたりしてて、暮らしは楽じゃあなかったようだ」

「残された五助は？」

「探したが親戚《しんせき》が一人もいなかった。お里の骸《むくろ》も無縁仏の仲間入りさ。同じ長屋に住んでた子のない夫婦が五助を引き取ったんだが、夜泣きに閉口して養い親を小商いの本屋夫婦に代わってもらった。この本屋はじきに潰《つぶ》れて夜逃げをしたが、五歳になってた五助は置いて行かれた。三番目のとこは出来ないと思っていた自分たちの子ができて、五助はお払い箱になった。よくよく養い親の運に恵まれてねえ奴だろう？　それで最後は孤児《みなしご》を育てる尼寺に落ち着いた。ここではおとっつぁん、おっかさんと呼んで甘えられる相手はいなかったろうが、まあ、落ち着いて暮らせたはずだ。十五歳になると、五助はそこを出て、糊《こ》炭屋に奉公した。けど一月《ひとつき》と続かなかった。世の中には、好きなように気楽に働いて、糊口《こう》を凌ぐ生き方もあることを知ったからだろう」

「それで気が向いた時だけ、天秤棒《てんびんぼう》を担ぐような働き方をしていたのですね」

「もっともっと楽になりたくなって、一歩間違えば、人を脅したり強請《ゆす》ったりのごろつきに真っ逆さまってえのにな」

「五助に限ってそんなことには――」

「このまま娑婆《しゃば》に置いとけばそうなるさ。俺は嫌というほどその手の奴らを見てきてる。だから、良吉があんたを頼む気持ちがよくわかる。どこにいても、何をしていても、人ってもんは、ようはずしんと重い心構え一つなんだ。五助にはその重さが感じられねえんだろうよ。そもそも、赤子の時、殺されちまった母親の顔なんて覚えてもいねえだろうし、父親はどこの誰だかわかんねえんだから」

「季蔵さん？」

五助が目を醒《さ》ましたため、季蔵は板敷に上がって向かい合った。

「酷《ひで》えったらねえ話だよ」

五助はひとしきり芳三殺しの顚末《てんまつ》についての憤懣《ふんまん》をぶちまけた後、

「思えば俺のおっかさんの時だって、お上は抜かってたもんな」

口を尖《とが》らせた。

「お里殺しはとうとう下手人をお縄にできなかったのさ」

松次は低く呟いた。

「盗まれたものはあったのですか？」

「金目のものなんかあるわけねえだろう。それとお里は刺されただけで何もされちゃいなかった」

季蔵の問いに松次が答えた。

――たしかにこれでは手掛かりは無いも同然だ――

「赤ん坊だったおまえが下手人の顔を見覚えてるはずもねえしな」

――しかし、この事実が心の傷になっているとしたら、何かが今も残っているのではないか？――

「俺、子どもの頃からずっと見続けてる夢があるんだ」

五助の方から切り出した。

「目の前に赤と白の花、皿」

「山茶花《さざんか》か、椿《つばき》だろう。今の時季はよく見かける。特に珍しいもんじゃねえ。皿？　そいつはありもしねえもんを見間違ったんだろうよ」

松次が首を横にすると、

「おっかさんが殺されたのも今の時季だったって」

五助は切なそうに呟き、

「それに夢はそれだけじゃない。ただ、俺、読み書きが出来ねえから――」

救いをもとめるように季蔵を見た。

「これに書いてみないか」

季蔵は近くにあった墨と硯《すずり》と紙を五助の前に置き筆を握らせた。

「絵に描いてくれ」

五助の筆はまず、縦に長い四角を描くと、その中に○手○○○と書き記した。

手の字はぎくしゃくと歪《ゆが》んでいる。

「○のところはぼーっとしか見えないんだが何か書いてあるんだ。文字の数もこのくらいで――」

「通行手形の表書きだろうかね」

ぴんと来た松次が身を乗り出した。

「通行手形を見たことがあるか？」

季蔵は五助に訊いた。

「俺、江戸から一度も出たことないし、旅の人なんてのとも会ったことないもん。あるわけないよ」

「となると、親分、これは間違いなく五助の夢に出てきたもので、もしかして、母親が殺された時、大きな驚きのあまり、心に刻みついていたのかもしれません」

「けど、通行手形なんぞ、殺されてたお里のそばには、影も形もなかったぜ」

松次は頬杖《ほおづえ》をついた。

「お里さんの知り合いは調べなかったのですか？」

「知り合いっていったって、家々を廻る端布売りじゃ、見当のつけようがねえってことになったんだ」

「骸になったおっかさんはなーんにも調べてもらえずに、ぽいと無縁塚に投げ込まれたんだ」

五助は憤懣やるかたない面持ちになって、

「俺、せめて、おっかさんを殺した奴だけはこの手で捕まえたいってずっと思ってた。おっかさんが生きてたら、俺もこんな風にならなかったんだから――」

泣くまいと歯を食いしばった。

「腹、空いてねえか？」

松次が五助の前に大福餅《だいふくもち》の包みを置いた。

五助はぐうと鳴った腹の虫で応えた。

「茶も淹《い》れてやったから食えよな」

湯呑《ゆの》みの茶を添えた松次に、

「椿や山茶花は家の垣根に植えられることが多いでしょう？　母親を殺された時、赤子の目が覚えているというのは腑《ふ》に落ちません」

季蔵は訊かずにはいられなかった。

「それを言うんだったら、俺が勝手にそうだと決めつけた通行手形だって同じだ。殺された時、見ちまったもんじゃなく、どっかで見ててぼんやりと覚えてるだけってこともあるぜ」

松次が渋い顔で応えると、

「どうせ、俺の言ってることなんぞ、まともには取り合っちゃくれねえんだろ」

五助はふてくされた。

「お里さんは端布をどこから仕入れてたのでしょうか？」

「京千鳥《きょうちどり》ってえ呉服屋だ。ただし、お里は乳飲み子がいるっていう、哀れっぽい話をして、只同然で端布を仕入れてたそうだから、呉服屋と諍《いさか》いになって殺されたなんてことはねえと思うよ。そもそもが売り物になんねえ端布を施してただけなんだろうし――」

「京千鳥を調べてみようと思います」

季蔵は立ち上がった。

五

「あんた、ほんとに調べ直すつもりなのかよ」

松次が呆れ返ると、

「そうするしか、五助を立ち直らせる道はないような気がするのです」

一礼して季蔵は番屋を出た。

伊勢町にある京千鳥は鄙《ひな》びた雰囲気のある、友禅染めしか扱わない通好みの店であった。

「どなた様のご紹介でございましょう？」

応対したのはでっぷりと太った白ネズミの大番頭であった。主のため、店のために、独り身を通し続ける中年男を世間では白ネズミと呼んでいる。

「南八丁堀の松次親分の使いの者です」

松次の名を借りた。

「南八丁堀の松次親分――」

白ネズミの顔が強《こわ》ばった。

「十五年前に殺された堀江町四丁目のてりふり長屋のお里の調べをすることになりました」

「今になって――」

「お里さんのことを話してください」

「十五年前に話しましたよ」

　大番頭は仏頂面になった。

「そこをもう一度」

「子育てに一生懸命な女でね、つい、こっちもほろほろっとしてしまいまして、要らなくなった端布を都合してやってました」

「ここのご主人はそのことを御存じでしたか？」

「あんたね――」

　大番頭は突き出た腹を反らして、

「十一歳で奉公に上がったてまえは、十五年前からここの大番頭ですよ。一銭も無駄にはしてはいけないという日那《だんな》様のお言葉通り、商い第一に尽くしてまいりました。ずっと旦那様には全幅の信頼をいただいております」

「只同然で都合していたと聞きました」

「只同然ではなく只ですよ。誰があんな健気《けなげ》で可哀想な女から銭を取れるというんです？」

「他の端布売りにも同様に只でしたか？」

「それは――」

　言葉に詰まった大番頭に、

「もう一度念を押します。ご主人はお里さんに限って只だったのを御存じでしたか？」

　季蔵は追い打ちをかけた。

「まいった、まいった、まいりました」

大番頭は真冬だというのに額に汗を噴き出させた。

「お察しの通りですよ。十五年も前のことですし、正直に申し上げましょう。てまえはお里にぞっこんでした。それで、旦那様の目を盗んで端布を只にしていたんです」

「夫婦《めおと》になりたいと思っていたのでは？」

「子連れでも、お里とさえ一緒になれればいいと思えるほどのぼせ上がっていました。お里にも打ち明けたんですが、断られてしまいました。後悔しているのは、ぐさっときたあまり、〝今まで物乞い同然のあんたにどれだけ便宜《べんぎ》をはかってやったと思うのか？〟とお里を口汚く罵《ののし》ったことです。その言葉を浴びせてしまったすぐ後にあんなことになって――」

「あなたのお里さんへの想いの深さを考えると、まだ、隠していることがあるような気がします」

季蔵は大番頭を見据えた。

「そ、そんなことは――」

「ないと言い切れますか？」

「お見通しなのですね。てまえは自分の言ったことを恥じました。お里に嫌われたくないと思ったんです。それで、紅白の寒椿の盆栽を買い求めて、てりふり長屋まで謝りに行きました」

——五助が覚えていた紅白の花と皿は盆栽だったのだ——

「お里さんに、許しを乞うためですね？」

「ええ、でもお里は、〝京千鳥さんには二度と行きません、迷惑もかけません。帰ってください〟と言って、受け取りませんでした。十五年前、このことも含めて、くわしい話をしなかったのは、自分に疑いがかかることを恐れたからです。今、こうして、あなたの強引さに負けて話してしまいましたが、疑いはかかるのでしょうか？」

大番頭は怯えた目になった。

「あなたへの疑いがなくなったとは言えませんが、お話ししてくださったということは、後ろ暗いところがない証のようにわたしには思えます」

「よかった——」

大番頭は胸を撫《な》で下ろした。

「お里さんとはいろいろなお話をなさったはずです。身寄りがないというのは本当ですか？」

「お里はお歯黒作り名人の女の話をよくしていました。蔦《つた》という名で吉原《よしわら》の通い遣《や》り手だというんです。遣り手婆《ばば》は御存じですね？」

大番頭は目尻にやや卑猥《ひわい》な色を滲《にじ》ませた。

公共の売春街である吉原の遊郭には、遊女たちに礼儀や床入りの作法を、手取り足取り教える元遊女の年配女が欠かせなかった。

「通いというのは珍しいですね」

普通、遊女同様遣り手婆も吉原からは一歩も外に出られない。

「事情があって、吉原の外に住むことを許されているのだとか――。これはわたしの勘ですが、お蔦という通い遣り手はお里の母親だと思うんです。実は夫婦になろうと決めた時、うっかりお里が口を滑らした浅草は諏訪町の和兵衛《わへえ》長屋に行ってみました。わたしは馬鹿真面目《まじめ》だけが取り柄なので、お里と夫婦になれば、お蔦さんも他人ではなくなります。ゆくゆくは世話をするかもしれない、母親をこの目で見ておきたかったんです」

「どんな女でした？」

「お里そっくりの綺麗な女でした。年齢を言わなければ四十歳近いとは誰も思わなかったでしょう。いくら摘み頃の花しか売らない吉原でも、これで遣り手婆と呼ばれるのは気の毒な気がしました」

「住んでいたのは諏訪町の和兵衛長屋ですね」

季蔵は念を押して京千鳥を出た。

半ば諦《あきら》めかけていたが、お蔦は和兵衛長屋に住んでいた。

「お邪魔いたします」

お蔦の住まいの前で声を掛けると、

「はーい」

若やいだ声がして、油障子がすーっと開けられ、白髪まじりのせいで老いてはいるが、色艶《いろつや》がよく、目尻の皺もそうは目立たない女が立っていた。

奥からはお歯黒特有の饐《す》えた匂いが漂っている。

季蔵は京千鳥で使ったのと同じ言葉を口にした。

「十五年前のてりふり長屋の殺し？　そんなことが噂になってたのを、うっすら覚えてるような気もするけど――。でも、それとあたしとどう関わりがあるっていうんです？」

お蔦は首をかしげた。

「もしかしたら、殺されたのはあなたの娘さんかもしれませんので」

さすがにお蔦は顔色を変えて、

「まあ、どうぞ、中に」

出がらしのほうじ茶を淹れてくれた。

「あたし、お茶とかにはそう気を配らない性質《たち》なもんで。あたしはこっちを。どうせ、まむし酒なんてお嫌でしょうから」

お蔦は大きなお歯黒壺《つけ》の隣にある鴇色《ときいろ》の瓶から、柄杓《ひしゃく》で一掬《すく》いして湯吞みに移すと、ちびちびと啜《すす》った。

「まむし酒ですか？」

「いろんな病に効き目があるらしいけど、あたしは若返りの薬だって信じてるんですよ」

お蔦は目を細めてふふふと笑った。

「赤子を残して殺された母親が、あなたとよく似ていたと言っている人がいます」

「へえ、その母親とあたしが？　ここへは娘のお遊《ゆう》が、前の長屋を勝手に出て行ってから移り住んだんですよ。そしたら、あの子、前にいた長屋で聞いてきたって言って訪ねてきた。たしかにその時、お遊は赤ん坊を連れてて、男の子だったねえ」

「残された赤子も男の子です」

「そういや、お遊がここへ押しかけてきたのは、母親殺しが起きる半年前ぐらいだったのを思い出しましたよ。となると、その子――」

六

「きっと、あなたのお孫さんです」

「よしとくれ」

お蔦の目尻が上がった。

「あたしはね、吉原のお女郎だったのを、大店の御隠居に見初められて身請けされ、お妾に納まったまではよかったんだけれど、退屈が過ぎて手代の一人と逃げたんだ。すぐにお遊ができたんだけど、相手の男はある日を境に帰ってこなくなっちまった。その時は子育てに追われ、暮らしに疲れて、見栄《みば》えの悪くなったあたしに見切りをつけたんだと思えて悔しかったよ。真底、子どもは足枷《あしかせ》だと思ったたね。それでも、お遊を嫁がせるまではと、古巣の吉原に頼み込んで、得意なお歯黒作りと通い遣り手で稼いで必死に頑張った。ところがお遊ときたら、年頃になると、あっちへふらふら、こっちへふらふらしていて、言い争いが絶えず、ついには帰って来なくなった。だから、赤子連れで訪ねて来るまで、何年も会ってなかったんだよ」

「娘さんやお孫さんと一緒に暮らそうとは思わなかったのですか？」

「この年齢になってわかったことは、あたしには何不自由ないお妾暮らしも、子育てや亭主の世話も向いてなかったってことだね。逃げた手代は見栄えだけじゃなしに、暮らしに張りのないあたしの様子が鼻についたんだろうって思えるようになった。そりゃあ、お遊の連れてた赤ん坊は可愛いと思ったよ。でも、明けても暮れても、めんどうをみさせられるのは嫌だったね。気儘《きまま》な独り暮らしが性に合ってるんだよ。ですんで、出て行ってくれと言ったのはあたしの方からだ。他人様《ひと》から見れば、吉原出入りのこんな仕事は卑しいと誹《そし》られるかもしれないけど、綺麗なお女郎たちの世話ができて、自分まで華やいだ気分になれるんで、あたしには天職なんだよ」

「大きくなったお孫さんに会いたくはないのですか？」

「もし、その子が本当にあたしの血を分けた孫なら、あの時、冷たく見限った祖母《ばば》だから、合わす顔なんてありゃしませんよ」

お蔦はさばさばと言い切った後で、

「もしかしたら、お遊の亭主なら会いたがるかもしれない」

思い出したように続けて、

「その男はどこの誰です？」

季蔵は思わず身を乗り出した。

「染井で植木職をしている男で、たしか矢助《やすけ》という名だったね」

「御亭主がいるのになぜ、離れて暮らそうとしたのでしょう？」

「あたしの娘だからね。矢助さんは悋気《りんき》の塊だって言ってたから、始終見張られて、縛り付けられるように一緒に家に居るのが嫌だったんでしょ」

そう言ってお蔦は油障子をじっと見据えて黙り込んだ。


お蔦のところを出た季蔵は染井へと向かった。

矢助の家は代々、染井でも五本の指に入る植木職で、庭先では髷《まげ》に一筋、二筋、若白髪がちらついている痩《や》せて小柄な男が、師走から新年にかけて人気が高まる盆栽類を前に、チョキチョキと器用に鋏を動かしていた。

松次親分の使いの者で、お遊の行方を捜している、ついては矢助さんに会いたいと言うと、

「俺がその矢助だよ」

手を休めた相手はにこりともせずに応えた。

「調べを続けていくうちに、十五年前にてりふり長屋で赤子を残して殺されたお里さんが、実はお遊さんだったのではないかと――」

「たしかにお遊は女房だったが、お里なんて知らねえな」

「一度、大きくなったお子さんに会ってはいただけませんか？」

「気乗りがしねえ」

「あなたのお子さんなんですよ」

季蔵は言葉に力を込めた。

「言っとくが、俺に子どもなんぞいねえ。跡継ぎは弟のところから養子を貰った。いろいろ医者にも掛かったが出来ねえんだ。女房も三人ほど替えてみた。こればかりは、大きい声じゃ言えねえが、俺の方が悪いらしい。医者が言うには、子どもの頃、麻疹《はしか》で高い熱を出すと、こんな不運に見舞われることもあるんだそうだ」

矢助は淡々と言い返した。

季蔵が啞然《あぜん》としていると、

「とにかくお遊は、心の中があの笑顔ですっぽり埋まっちまうほど、たまらなく可愛い女だったが、尻の軽い奴だった。俺の他にもいろいろ男がいた。子どもはその中の一人の種だろうよ」

煙管を出してふーっと一息入れて呟き、

「心当たりは？」

季蔵が踏み込むと、

「据物師名《な》倉曾太《くらそうた》郎《ろう》」

ぽつりと言い切った。

「あの名倉様？」

罪人の処刑と骸を使った刀の試し切りを生業とする据物師の名倉家は、浪人の身分ではあったが、小国の大名の禄高《ろくだか》を軽く超える富裕層に属している。

「相手が名倉曾太郎ともなれば、これはもう敵《かな》わねえと俺は諦めたんだ。お遊、生きてるうちには金輪際出会えないだろう、そりゃあいい女だったよ」

矢助は寂しげにため息をついた。

季蔵は麹町《こうじまち》にある名倉家に立ち寄った。

門構えからして豪壮であり、何の前触れもしないで会ってくれるとは思えなかったが、用件を告げると庭にある東屋《あずまや》に案内された。

「わしが名倉曾太郎だ」

現れた男は総髪の茶羽織姿で三毛猫を抱いていた。

——隠居には早い年齢だ——

垂らしている髪に白いものは混じっていない。

「お上は、まだ神隠しに遭ったお遊を捜してくれているのか？　ありがたいことだ」

名倉は穏やかな眼差《まなざ》しを菰巻《こもま》きされている五葉松に向けている。

「あの松のように誰かに守られて達者であってほしい」

季蔵は矢助に話したこととほぼ同じ話を繰り返した。

「なに、お遊は身元を偽って暮らしていたと申すのだな。その上、わしの子どもも一緒だ

「あなたのお子さんであるという確証がおありなのですね」

「では、誰の子だというのだ？」

「どうして、母子で暮らさなければならないようになさったのです？」

──母子二人暮らしでなければ、あのような目に遭うこともなかったのでは？──

「それはわしが訊きたい。打ち明けてくれていれば、何とかしたものを──」

「打ち明けなかったのですか？」

「身籠《みご》もったことも、何も言わずに突然、お遊は姿を消してしまった。妻に内緒でお上にもお願いしたが見つからなかった。おそらく、身二つになっていたからだろう。お遊の忘れ形見のわしの倅《せがれ》は生きているのだろう？　ならば是非とも会いたい、会わせてくれ」

名倉はすがるように言い募ったが、目だけはギヤマンのように冷たく厳しく無表情であった。

──たとえ別腹でも武家は男児をありがたがる。だが、ここに引き取られて、果たして五助が幸せに暮らせるだろうか？──

「いずれ──」

季蔵は曖昧《あいまい》に応えて、

「ところで、御前様はずいぶんとお早い御隠居ですね。最近のことですか？」

名倉家の家庭の事情に踏み入ろうとした。

「調べればわかろうが、十五年前になる。恥ずかしながら、お遊に去られたのが痛手で、このままではお勤めに支障をきたすと考えたのだ。女を想うとは辛いことだと骨身に染みた。以後は昨年、糟糠《そうこう》の妻を見送るまで、隠居として身を慎んでひっそりと生きてきた。お遊とのことは、とうとう妻には打ち明けず終いで、墓場に持っていくつもりだった。お遊もお里と名乗って殺されてしまっていたとなると、ますます、冥途が近く感じられる」

名倉は手に掛けた罪人たちの魂が祀《まつ》られている、塚の石碑をじっと見据えていた。

名倉家を辞して、木原店《きはらだな》に帰り着くと、

「季蔵さん、お客さん」

おき玖が浅草屋の若旦那真吉《しんきち》が待っていると告げた。

「気力を振り絞ってやっと来たんです」

十九か、二十歳の年頃の真吉は、痩せ型で首が長く、怯えたようにも見える優しげな眼差しといい、雰囲気といい、如何《いか》にもひ弱な若旦那そのものだった。

七

「是非、海苔料理を覚えたいと思っています。これればかりは、父に言われて伺ったんじゃありません。神隠しにあって守り神になってるにちがいない智吉《ともきち》のために、父が江戸一の海苔をこちらへ届けたら、わたしは江戸一の海苔料理を覚えて供養に代えたいと思っていたんです」

　頼りない様子の真吉の話しぶりは途切れがちだったが、その内容は実のあるしっかりしたものだった。

「海苔料理で先代の絶品海苔めしに敵うものを作れるかどうか、正直わたしは不案内なのです。沢山、江戸一の海苔をいただいたので、江戸一の料理などと気張らず、普段の菜や肴《さかな》にそちらの海苔を使わせていただくしかないと思っていたところです。それでよければ一品、二品、今ここでお作りいたします」

　季蔵が言うと、

「どうかよろしくお願いします」

　真吉は深々と頭を垂れた。

「それでは」

　季蔵は甕の中から抄き海苔を取り出すと、七輪で焙り、鋏を使って微塵《みじん》切りの刻み海苔に変えた。

「ああ、やっぱり、この匂い――」

　真吉は弟が神隠しにあったことが脳裏を過《よぎ》りがっくりと肩を落とした。

「これと大根を合わせてみます」

　旬の大根はこのところ、桂剝《かつらむ》きの名人気取りの三吉が風呂吹《ふろふ》きに煮て常備してあった。

　この煮汁に梅風味の煎り酒を適量加え、よく味を染ませて器に盛った大根にまわしかけ、最後にぱらぱらと刻み海苔を振りかけて仕上げる。

「海苔風呂吹きです。召し上がってみてください」

季蔵に勧められて箸を使った真吉は、

「美味しいです」

幾らか青ざめた顔に血の色を戻していた。

「もっと簡単な一品を作ってみます」

季蔵は千切りにした生の大根を梅風味の煎り酒で和《あ》え、刻み海苔と白い炒り胡麻《ごま》を散らした。

「大根の海苔叩きです。これもどうぞ——」

口にした真吉の頬に涙が伝った。

「どうされました？」

「何でもありません」

「もしや、海苔はお嫌いなのでは？」

「わたしは海苔屋の倅です。そんなこと、あるわけありません」

そう応えつつ、ぐらっと倒れかかった真吉を季蔵があわてて支えて、

「少し休まれてはいかがです？」

離れへと二人で移った。

「わたしをおかしいと思うでしょうね？」

真吉の方から口を開いた。

「わたしでよろしければ、お話を聞かせてください」

「わたしは海苔嫌いではありません。このように――」

真吉は片袖を季蔵の鼻先に突きつけた。

ぷんと海苔と潮が入り交じった強い匂いがした。漁師が普段から全身に染みつけている匂いに似ている。

「これはヒビ建て養殖所の匂いですね」

「わたしは三日に一度は浅草屋が頼んでいる、大森にある海苔の養殖場を見廻っています」

「生の海苔と乾燥させた海苔とでは当然、香りが違いましょう。苦手なのは乾燥海苔の方では？」

真吉は頷く代わりに俯《うつむ》いて、

「嫌な匂いだと感じているわけではないのに、どういうわけか、涙が止まらなくなるんです。たまらなく悲しい思い出が胸に迫ってきて――。それで、わたしはこれまで、祖父の海苔めしをはじめとする、抄き海苔使いの海苔料理は口にしないようにしていました。この時季は抄き海苔の甕詰めや、お客様へのお届けで忙しい時ですが、わたしにはただただ辛いだけです。抄き海苔の匂いを長く嗅《か》いでいると気分まで悪くなるので、店にいる時も、手伝うことはできず、毎年、じっと部屋に引き籠もっているんです。働き者で奉公人想いの父が、寝る間も惜しんで頑張っているというのに情けないことです」

「悲しい思い出とは弟の智吉さんのことでは？」

「わたしも四歳でしたから、うっすらとしか覚えていません。ちょうど今ぐらいの時季で、甘い乳と先ほどのような香ばしい海苔の匂いがしていました。甘い乳は一緒にいた智吉の匂いで、海苔の方は、浅草屋ならではの上等な海苔を惜しげもなく搗《つ》き立ての餅に混ぜ込んで作る海苔餅から漂っていたのではないかと思います。けれども、不意に智吉の乳の匂いがしなくなってしまって——。後に大番頭に訊いてみたところ、四歳のわたしは智吉がいなくなってからの海苔嫌いがまるで嘘のように、それまではたっぷりと刻み海苔が入った海苔餅が大好物で、作るのを手伝いたがってきかなかったそうです。智吉のそばにいろと言った父の言葉を忘れて、海苔餅作りに沸いていた厨へ行って、目を離してしまったんです。わたしさえ、あの時、そばを離れなかったら、わたしさえ——」

掠れ声の真吉は溢れ出た涙を手の甲で拭った。

「あなたの海苔嫌いは御自分を責め続けているがゆえなのですね」

「これでもまだ責め足りない気持ちです」

「わたしの海苔料理はおいおい、作り方を書いてお届けします。あなたは、もうここへおいでになる必要はありません。これ以上、自分を責めたら、浅草屋の跡継ぎとして、大森を見廻る力まで尽きてしまいかねませんから——」

そう言って季蔵は真吉のしょんぼりとすぼまった背中を見送った。

——そうだった、五助に、据物師の名倉曾太郎が、父親だと名乗り出ていると伝えなければならない——

名倉が父親だということになれば、お上に顔の利く名倉が動いて、五助は人足寄場行きを免れるだろうとは思ったが、果たして、本当にそれでいいのかという気もしている。

——名倉と五助のそりが合うとはとても思えない。堪え性のない五助は、またしても暴れ出しそうだ——

番屋に留め置かれている五助が空腹だろうと思い、季蔵は松次と合わせて二人分の弁当を拵えることにした。

——これにも海苔を存分に使ってみよう——

季蔵は海苔尽くしの弁当作りに取りかかった。

まずは小ぶりの里芋を茹《ゆ》でて皮を剝き、刻み海苔に炒り白胡麻、塩をまぶしつけて、里芋の海苔まぶしを作った。

——五助は食べ盛りだし、松次親分は食い道楽だ——

次は一捻《ひね》りすることに決めて、抄き海苔に刷毛《はけ》で、醬油《しょうゆ》と味醂《みりん》に唐辛子粉を溶いたタレをさっと塗り、焙って乾かして味をつけた。

この日の品書きは鶏鍋で、叩いて、葱、搾った生姜汁と混ぜた鶏団子の生地が残っていた。

これを丸めて串に刺し、小指よりやや短めに切り揃えた長ネギと一緒に七輪の丸網で焼いていく。

「いい匂いだね」

居合わせていた履物屋の隠居喜平は見逃さなかった。

「俺たち、卑しいのかね、鶏鍋なんぞより、そっちのがよほど美味そうに思えてきたぜ」

飲み友達の大工の辰吉が口をへの字に曲げて目を細めた。

「これらは試作なんですよ。美味くできたら、必ず召し上がっていただきますので、今日のところはご勘弁ください」

季蔵は詫びたが、

「それにしても美味そうだ」

辰吉はごくりと生唾《なまつば》を呑み込み、

「いい匂いだねえ」

喜平は目をつぶって鼻を蠢《うごめ》かした。

「季蔵さん、それ、あたしが替わって焼くから――」

おき玖は菜箸を手にして、

「お得意様の食べ物の恨みは怖いわよ、これ、おとっつぁんの言葉」

季蔵の耳に囁《ささや》くと、七輪の前から追い立てた。

――たしかにその通りだ――

合点した季蔵は、鉢に割った卵をときほぐし、塩少々と味をつけて焙った海苔を千切って加えると、残っていた牛酪を溶かした鉄鍋で炒りつけた。

すでに烏谷にもてなしていて、海苔と牛酪の相性がいいのは承知している。

「箸休めにいかがですか？」

「こりゃあ、気が利いてる」

喜平は早速箸を伸ばして、

「文句は言ってみるもんだねえ」

辰吉はにやっと笑った。

「牛酪もこうすりゃ、臭《くさ》みじゃなく風味だよ。味のついた海苔が牛酪に負けてねえし。一味唐辛子、こいつを振りかけてもイケるだろう。季蔵さん、こいつに名は付けたのかい？」

喜平はしきりに感心した。

「まだです」

「それじゃ、これは黄金《こがね》海苔焼きに決めてくれ」

「わかりました」

一方、辰吉は、

「えっ？　ここにゃ、卵や海苔に混じって牛が入ってるのかい。嫌だ、嫌だ、牛の角が生えちまう。でも、はじめて舌で確かめた牛酪は美味かった、おかげで海苔や卵まで大美味だ。残りは包んでもらって、おちえに持って帰ることにするから、御隠居、もう箸を置いてくれ」

喜平の箸へ鋭い目を向けた。

おちえは辰吉の恋女房で、以前、喜平が〃あれは女とは言えない、縕袍《どてら》だ〃と称して以来、しばしば、二人の間の喧嘩の種になった大食の大女であった。

「そうしてやるといい」

今度は喜平がにやりとした。

このところ、二人の間は休戦が続いているのだ。

八

焼き上がった鶏団子は鍋に取り、醤油と砂糖、味醂の甘辛タレで、煮詰め、長ねぎを加えて仕上げる。

重箱に炊きたての飯を詰め、揉《も》んで千切った味付けの海苔をたっぷりと載せた上に、甘辛味の鶏団子と長ネギを盛り、飯にも色と味が付くよう、鍋に残ったタレを適量かけまわす。

これに里芋の海苔まぶしを添えた弁当を、季蔵が番屋に届けると、

「俺は今日は蕎麦《そば》が食いたい。二人分食っていいぞ。悪いが季蔵さん、つきあってくれ」

松次が目配せしてきた。

「いいの？」

五助は、あたふたと重箱の蓋を取って箸を手にした。

「ちょいと見張りを頼むぜ」

番太郎に命じて、松次は季蔵を促して外へ出た。

「今日は蕎麦代わりにこんなもんで」

妙珠《みようしゆう》稲荷《いなり》が近づいてきたところで、松次は懐から焼き芋を出して手渡してくれた。

稲荷の境内に入って手水舎《ちようずや》の前で向かい合った。

「ここの焼き芋は冷めても美味いのが何よりだ」

「どうかお話をなさってください」

「十五年前、母親を殺した下手人を探し当てて、五助を立ち直らせたいっていうあんたの気持ちはわからないでもねえが、ちっと無理な成り行きになってきたんでね」

「何かわかったのですか？」

「内々に奉行所の物書同心の一人から、殺されたお里について、調べがついてることをこと細かに教えてもらったんだよ。あの女は五助の母親じゃねえ。産んでそう月日は過ぎてねえっていうのに、身体に身籠もった痕の線がなかったそうだ」

季蔵はが一んと耳鳴りがしてきて、

「でも、お里さんは本当は遊という名で、元は母親と暮らしていて、家を飛び出した後は、矢助さんという御亭主をはじめ、次々にお相手がいたんですよ」

思わず洩らすと、

「亭主や相手がいたからって、そいつらとの子どもを産んでるとは限らねえだろう。お里がどういう事情で、腹も痛めてねえ子どもを育ててたのかわかんねえが、これ以上、五助に期待させるのは酷ってもんじゃねえのか？　俺はそれが言いたかったんだ」

――これで五助は名倉曾太郎の倅ということはなくなった――

季蔵は意外にも安堵《あんど》していた。

――けれども、このままでは大番屋に送られ喧嘩で命を落とすことも多いと聞く人足寄場に、五助は送られてしまう。今のままの五助を送りたくない――

季蔵は変わらず、五助が母親だと信じているお里殺しの下手人を、是が非でも探し出さなければならないと思った。

「親分のおっしゃったこと、胆に銘じます」

二人は焼き芋を食べ終えて、手水鉢の水を飲んだ後、番屋へと戻った。

番屋では五助が二人分の弁当を食べ終えかけていた。

「ったく、美味すぎて息つく暇もねえや」

それでいて五助はふーっという感嘆のため息を洩らした。

「話してる暇はもっとねえんだけど、思い出したことがあるから、とりあえずはこれ、食っちまってから話す」

箸を置いた五助は、

「俺、海苔は好きでさ。海苔って何だか、なつかしくてあったけえ食い物なんだ、俺にとって。ハネものや安いやつを買って、醤油に漬けて炊きたての飯に載せて食うのが一番の贅沢なんだ。だから、海苔にはちょいと舌がきくんだよ。こんな匂いも味もいい海苔、初めて食ったよ。時折、大きな海苔問屋の前を通ると、いい匂いだなあ、たまんねえなあって、引き寄せられるみてえになるんだ。ああいう特上の海苔を売ってる店の海苔だよね、これは」

「ああ、江戸一の海苔だ」

「江戸一の海苔を食わしてくれたんだね。ああ、これで俺、思い残すことなく、寄場送りになれるよ」

「そろそろ思い出した話をしてくれ」

季蔵が促すと、

「ああ、そうそうこれこれ――。紙と筆を貸してもらって、思い出したことを足して新しく描いたんだ」

五助は新しく長四角が描かれた紙を差し出した。

長四角の中には、千手○○丸とあった。

「これは――」

季蔵は目を瞠った。

「幻の千手観音丸か？」

松次も目を剝いている。

据物師である名倉家の副業は、死罪人たちの骸から抜いた胆を干し上げ、砕いて丸薬に作る生薬売りであった。

中でも女の死罪人からしか作ることのできない、子袋を用いた稀少《きしょう》な千手観音丸は、強力な若返り薬とされていて、大奥御用達の珍品であった。

――名倉様は、お遊さんが里と名を変えて暮らしていたことを知らなかったと言っていた。しかし、珍品の千手観音丸が、お里さんのもとにあったということは、名倉様がお里さんと逢っていたとしか思えない。名倉様は嘘をついている。何とあの名倉曾太郎がお里さんを手に掛けていた――。しかし、今はもっと大事なことがある――

「親分、まさか、五助の大番屋送りが子《ね》の刻（午前〇時頃）なんてことはないでしょうね」

「何だい？　藪《やぶ》から棒に」

「わたしは出てきます。なるべく早く帰るようにしますから、五助と二人で待っていてください」

「わかったよ」

目を白黒させている松次を尻目に季蔵は浅草広小路《ひろこうじ》の浅草屋へとひた走った。

浅草屋はしんと寝静まり返っている。

勝手口に辿り着いて、はあはあと白い息を吐きながら、

「浅草屋さん、塩梅屋です、季蔵です、先代長次郎が親しくしていただいていた塩梅屋です。何日か前に、ご主人にわざわざおいでいただきました。お願いです、急用です、ご主人にお目にかからせてください」

どんどんと戸を叩いた。

「季蔵さん」

意外にも潜《くぐ》り戸から顔を覗《のぞ》かせたのは真吉だった。

「店が忙しいこの時季、夜鍋を終えると、ぐっすり寝込んでしまう奉公人たちと違って、手伝うことのできないわたしは目が冴《さ》えて、まだ起きていました」

「浅草屋さんの御家族の皆さんに、お報せしなければならないことがございます」

「どうぞ、こちらへ」

真吉は季蔵を客間に案内して、眠りについたばかりの両親《ふたおや》を起こしてきた。

「三男はまだ幼いのでご容赦願います」

内儀はあわてて着替えた着物の衿《えり》を直した。

「大事なお話をする前に一つ、確かめておかなければならないことがございます」

季蔵は時吉とお内儀の両方を交互に見た。

「智吉さんがいなくなった日のことです。餅搗きをして海苔餅が作られていたことは真吉さんが奉公人から聞いたと言って話してくれました。その他に変わったこと、人の出入りなどはありませんでしたか？」

「さて――」

時吉は頭をかしげたが、

「ああ、染井から植木職を呼んでいましたよ」

お内儀は思い出した。

「そうだった、植松《うえまつ》さん。来てくれていたのは三代目の若い人だったな。植松さんとは先代からの縁ですし、腕も悪くない。それなのに――」

さらに時吉は頭を傾けて、

「ずっとこのまま、来て貰おうと思っていたのに、智吉がいなくなってすぐ、仕事はもうご勘弁願いたいと向こうから断ってきた。あれにはあまりいい気がしなかった」

当時のことを思い出したのか、不快な表情になったが、

「きっと向こうは向こうのご事情がおありだったんでしょう。思い出したわ、三代目の人、矢助さんって名でしたよ」

お内儀はさらりと受け流した。

「よくわかりました」

季蔵は大きく頷いた後、

「智吉さんは生きて元気にしています」

と告げて、智吉と名付けられた赤子が、首ったけだった妻、お遊に頼まれた矢助に掠《さら》われ、母親代わりとなったお遊を目の前で殺されて孤児となり、五助と呼ばれて生きてきた事実を話した。

「何と可哀想なことに――」

「あんまりです、酷すぎます」

夫婦は共に泣き崩れ、

「やっぱり、悪いのはわたしだ」

真吉はがっくりと頭と肩を落とした。

それからしばらく三人に言葉はなかった。

「智吉さんは、いや、五助はこれからも生きていかねばなりません。家族なら力を貸してやってほしいのです」

「それはもちろん」

時吉は顔の涙を手で拭った。

「わたしたちで出来ることなら何でも――」

お内儀も時吉同様袖で涙を拭った。

「わたしはまず詫びなければ――」

真吉の言葉に季蔵は首を横にした。

「四歳の時のことなど詫びることはありません。〝海苔が好きだったけど、おまえがいなくなってしまってから嫌いになったが、今はまた好きになりそうだ〟と話してあげてください。智吉さんはたいそうな海苔好き、海苔の目利きです。天性のものに加えて、きっとあの時の海苔餅から漂ってきた匂いを、なつかしく覚えているからなのだと思います。とにかく、皆さん、今すぐ、五助に会ってやってください」

こうして浅草屋の主夫婦と真吉は、夜の明けるのも待たずに番屋へと駆け付け、十五年ぶりの我が子、我が弟と再会した。

よく見れば五助の顔の造作は、細面美人のお内儀によく似ていて、手足の指は黒子《ほくろ》の位置も含めて時吉に、低いがよく通る声は、上品な物言いさえすれば兄の真吉そっくりだった。

時吉はやっと探し当てた我が子のために、人足寄場送りにならないよう奔走し、五助は番屋に留め置かれてから三日後に自由の身になった。

すぐにも浅草屋に迎えようとする両親や兄に対して、

「今のままじゃ、とても、浅草屋なんてぇ大店の倅にはなれねえよ、自信がねえ。それに俺、五助のまま生きて行きたいんだ。ろくでなしの五助だけど、五助でずっと生きてきたんだから、そいつを無しになんてできない。けど、今までみたいな手の早い五助じゃない、まともな五助になりてえと思ってる。それで、しばらく、松次親分とこに世話になることにした。俺、いろいろ調べたり岡っ引きみたいな仕事に今、心が動いてるんだ」

と告げた。

家族は気を落とした様子ではあったが、

「わかった、おまえの気の済むようにしろ。だが道はもう決して踏み外さないでくれ」

時吉は断腸の想いで声を振り絞り、

「身体には気をつけるんですよ。遊びにぐらいは来てくれるんでしょう?」

お内儀は涙声で、

「松次親分のところへ季蔵さんから教わった海苔料理を作って届ける。これができるのも、おまえが生きていてくれたおかげだ」

泣きそうになった真吉は無理やり微笑《ほほえ》みを浮かべた。

名倉曾太郎が十五年前の母親殺しの下手人だという事実は、松次と田端《たばた》の口を経て烏谷まで伝わった。

後日、烏谷が塩梅屋を訪れた。

花札ほどの大きさに切り揃えた抄き海苔の片面に、小麦粉と卵を水で溶いた天麩羅《てんぷら》の衣を付けて、からりと油で揚げると海苔天が出来上がる。

これをぱりぱりと嚙《か》み砕きながら、盃を二、三杯心地よさげに呷《あお》った後、

「揚げてこうも磯が香り立つとはな――。海苔は大海原を感じさせてくれる。口ばかりではなく、一幅の海の絵を見ているようだ」

珍しく風流に通じた物言いをして、

「名倉曾太郎は自害して果て、食に中《あ》たって死んだと届けられた。わしからすべてを名倉に話したからだ。名倉は、〝いなくなったお遊を血眼《ちまなこ》になって探した。よりを戻し、できれば囲い者にしたいと思っていた。お遊がもっと望むのなら、蔵から舟で金子《きんす》を運び出した上、二人で駆け落ちして上方で暮らす覚悟も決めていた。それほど惚《ほ》れきっていたのだ。しかし、お遊には子どもがいて、以前はあんなに重宝がっていた千手観音丸にさえも見向きもしなかった。――子どもは自分の命だ、この子さえいればいい、帰ってくれ、二度と

来ないでくれ。酒が入ると必ず殴る蹴るするあんたには懲り懲りした——と袖にされた。それでかっとなり、気がついた時にはその場にあった包丁で刺し殺していた。逃げ去る時に落とした千手観音丸の袋を、這いだした子どもが握っているのが目に入り、取り上げた。子どもを殺さなかったのは、もしかしたら、自分の子かもしれないと思ったからだ。町方が訪ねてきた時、すぐに会ったのも、断って、勘ぐられることを恐れたからだった〃と言っていた。それから、お遊の心を繋《つな》ぎ止めるため赤子だった智吉を掠った矢助も罪を認めたという」

と告げた。

季蔵は案じていた良吉に五助の身に起きた話をした。

「そうでしたか、よかった、よかった。それにしても、離れていた兄弟が海苔で結ばれていたとは、何とも血縁とは不思議なものですね」

良吉は自分のことのように喜んだ。

「今年もあと十日です。どうです？　そろそろ、娘さんのお千恵さんのためにも、お答をいただけないものでしょうか？」

千田屋の一人娘千恵は、年が明けてすぐ婿を迎えて祝言を挙げることになっている。その前に親戚を集め、祝言の報告も兼ねた法要が開かれることになっていた。

「千恵と松江に会います。わたしがこのように生きていると知ったら、騙《だま》されていたと怒って、身体に障りかねないお義母《かあ》さんはそっとしておいた方がいいでしょう。五助の話を聞いて、そうしなければならないような気がしてきました。今は代書屋の勇吉でこのまま生きて行くつもりですが、松江とは互いに独り身を通している以上、心はまだ夫婦で、可愛い千恵の父親であることに変わりはないのですから――」

こうして、良吉の心は決まり、良吉は塩梅屋の離れで娘との再会を果たした。

季蔵は千田屋の法要の日、千恵に頼まれて、密《ひそ》かに焼いた雄鮭の切り身、白子料理のチタタプ、腹子の醬油漬けを良吉にも届けさせた。

この日、千田屋から帰り着いた季蔵は、やっと一息つけて、師走に入って起きた事件についておき玖に話すことができた。

聞いたおき玖は、家族と再会できた五助の幸運に目を潤ませた後、

「あたし、男よりも子どもって思い詰めて、拐《かどわ》かしまでやったっていう、お遊さんって女のこと他人事《ひとごと》とは思えないわ。きっと家族が欲しくてならなかったんでしょうね。わかるような気がする。女にも二通りあって、中には独り身が気楽だっていう、お遊さんのおっかさんみたいな女もいるけど、たいていの女はお遊さんなのよね」

一瞬、寂しげな目になった。

第三話　新年薬膳雑煮

一

師走《しわす》の昼賄いは晦日《みそか》まで続けられ、惜しまれて終わった。

塩梅屋《あんばいや》の新年は昼賄いをはじめた翌年から、正月料理でもてなすことを止《や》めた。

そもそも先代の長次郎《ちょうじろう》は、

「どこの家でも煮染めや数の子、昆布巻き、金団《きんとん》なんかのご馳走《ちそう》尽くしだからね。三箇日にここへ立ち寄るお客さん方は飽いてしまっていて、目先の変わった食べ物はないかとおっしゃる。だが、なかなか、思いつかなくてなあ、今年も叩《たた》き牛蒡《ごぼう》や酢だこの用意をしている――」

新年の正月料理に乗り気ではなかった。

ちなみに塩梅屋では元日《がんじつ》でも休まずに店を開いている。特に三箇日は朝から開けている。

「年始回りってえのは、実は厄介なしきたりだよ。酔っても酔わなくても、年始の祝い酒は誰もそう美味《うま》くはねえもんだ。親戚《しんせき》ってえのは、いいような悪いようなもんで、積もる話もそこそこで終《しめ》えにしないで、長っ尻になると、〝あの時してやられた、おまえが悪い〟〝いや、狡《ずる》かったのはおまえだ〟なんてやりだして、年甲斐《としがい》もなく喧嘩《けんか》になっちまうこともあるからな。その上、廻《まわ》る先が上の者となると、堅苦しいやら、気ばかり遣い続けるやらでもうくたくただ。迎えた方のお偉いさんだって、女房が常にない応対で疲れきっちまってて、客が帰った後はぶすっとした顔になってるだろう？　飲み直してくつろぎたいなんて言いにくいじゃねえか。それで皆さん、ここへ足を向けてくださる。まずは、めでたい福茶を一啜《すす》りしていただいてから、改めて一杯やっていただく」

そうも長次郎は言っていて、なるほどとも思えたので、季蔵《としぞう》はとっつぁん流の正月を引き継いでいた。

ただし、今年は三吉《さんきち》とおき玖《く》は神社へのお参りやら、お神楽《かぐら》、猿回し等の大道芸を楽しみにしていて休みを取ったので、店は季蔵一人で仕切っている。

除夜の鐘が鳴り終えるのを待って、季蔵は早速若水迎えを行った。

元日の朝、はじめて井戸から汲《く》む水を若水といって、これを飲めば一年の邪気が祓《はら》われるとされていた。

汲んできた若水はまず神棚に供え、茶を淹《い》れたり煮炊きに使われる。

これで福茶を淹れてくれと頼む客もいた。

福茶は昆布、黒豆、山椒《さんしょう》、梅干等を加えて煮出した茶で、正月いっぱい飲まれる。

塩梅屋でこの福茶を出すようになったのは、豪助《ごうすけ》の女房が漬け物茶屋の女将におさまってからのことであった。

大晦日になると、豪助がおしんの拵《こしら》えた、昆布と黒豆、山椒、梅干等が入った福茶の素を届けにきた。

古くからのつきあいで弟分の豪助は、船頭の仕事のかたわら、女房のおしんが開いている漬け物茶屋を手伝っていて、ここも塩梅屋同様、三箇日に店を開いて客をもてなしていた。

「何しろ、おしんはしっかりもんだからな」

おしんは三箇日に塩梅屋がそこそこ繁盛していることを知って、それではうちもと見習ったのである。

おしんのところの正月商いはこの特製の福茶に、べったら漬け等の漬け物を添えた正月茶である。

炊きたての飯に銭は取らず、好みで福茶漬けにすることもできるという親切さだった。

年忘れといっては飲み、新年だからといっては飲むという、飲酒三昧《ざんまい》の日々に、いささか、胃の腑《ふ》が疲れたと感じる客たちに人気があった。

「おしんの手伝いや、善太《ぜんた》に凧《たこ》を揚げてやるって約束しちまったもんだから、三箇日には来られねえんで、悪いが新年の挨拶《あいさつ》はちぃっと後になるぜ」

豪助とおしんとの間には、もう凧揚げを父親にねだるようになった男の子がいる。

そんな豪助に季蔵は海苔《のり》の佃煮《つくだに》を持たせて帰した。

海苔の佃煮は千切った抄《す》き海苔を鉄鍋《てつなべ》に入れ、ひたひたの水を加えて竈《かまど》にかける。海苔がある程度溶けてきたら、醤油《しょうゆ》、味醂《みりん》、塩で味付けをして好みのペースト状にして仕上げる。

「ちょっと舐《な》めてみてくれ」

季蔵に勧められて一舐めした豪助は、

「これが海苔の佃煮!!」

たまらずにもう一舐めして、うーんと唸《うな》ってしまった。

「おしんが普段使いに作り置きしてるのとは別物だぜ。あれは潮臭いだけで、てえして美味かねえが、これは磯の香りがいいな、早く春や夏にならないかなとわくわくさせる風味だ」

「江戸一の海苔を佃煮にしたのだから当たり前だ」

「道理で。磯のいい香りだけが海苔になってるんだろうな」

豪助は大事そうに海苔の佃煮が入った小瓶を持ち帰った。

年が明けて早々、昼を少し過ぎたくらいに訪れたのは履物屋の隠居の喜平《きへい》であった。

「一番乗りだろ？」

「はい」

季蔵が応《こた》えて新年の挨拶をすると、喜平も目を細めながらおめでとうと言った。

「この一番乗りだけは続けたいもんだよ」

喜平は床几《しょうぎ》にどっかりと腰を下ろした。

「今年もいつも通りの正月だけど、やっぱり疲れるよ」

喜平は息子やその家族、親戚たちと囲む祝いの膳《ぜん》をそうは楽しく感じていなかった。

「とにかく、孫たちに春袋を配り終えるとほっとして、逃げ出すことばかり考えて飲んでる」

春袋とは、いわゆるお年玉のことである。

「思えば、喜平さんと二人でこうして向かい合うのは、元日の今日だけですね」

いつも一緒の辰吉《たつきち》は、元日の朝早くから恵方《えほう》参りに忙しかった。

「三箇日を過ぎても、褞袍《どてら》女が市村座の顔見せに血道を上げてる間、留守番してガキたちのめんどうを見てることだろうよ」

辰吉の女房は歌舞伎《かぶき》が好きで、ずらりと男前の役者たちの錦絵《にしきえ》を集めるほどであった。

「お約束でしたから」

季蔵は海苔にタレで味をつけて焙《あぶ》り始めた。

「おお、あれかい」

「はい」

鶏団子のタネではなく、一口切りにした鶏の胸肉を甘辛味に煮詰め、長ねぎはさっと仕上げに加えて軽く煮る。

大きめの飯碗《めしわん》に盛りつけた炊きたての飯に、千切った味付けの海苔を敷き詰め、甘辛味の鶏胸肉と長ねぎを載せて供した。

「これにも名づけてはいません」

「そうだね──」

喜平は箸《はし》を動かしながら、

「鶏が団子とは限らないから、海苔の甘辛鴨葱《かもねぎ》風丼ってえのはどうかね。鴨なんてそうそうは口にできねえが、夢があっていいじゃねえか？」

「いつか、鶏ではなく、鴨で作ったのを召し上がっていただきたいものです」

「ああ、美味かった、ほっとした。やれやれ、これからまた家族揃《そろ》って新年の夕餉《ゆうげ》だ」

あーあとため息をつきながら喜平は帰って行った。

「ワン、ワン、ワン」

聞き覚えのある鳴き声がして、

「めでたい年明けだ、邪魔するぞ」

犬のシロを連れた伊沢蔵之進《いざわくらのしん》が戸口を開けた。

南町奉行所筆頭与力だった養父の後を継いで、伊沢姓を名乗っている蔵之進は身分はまだ定町廻《じょうまちまわ》り同心のままであった。

南北の垣根を越えて、事件探索を行おうという、両奉行の社交辞令に近い申し合わせに便乗して、南が当番月ではない事件にも、当然のことのように首を突っ込んできていた。

「烏谷様《からすだにさま》が北の地獄耳なら、わたしは南の地獄耳だ」

そう公言して憚《はばか》らない。

食通であることも烏谷と同様であった。

「今日は門戸を閉ざし、雨戸を開けずにシロと一人と一匹、息を潜めていた。明日もそうするつもりだ」

筆頭与力を務めた養父を持てば、挨拶に訪れる親戚縁者も結構な数に上るはずなのだが、蔵之進は寝正月を決め込んでいるようだった。

「うちは正月料理でのおもてなしはできませんが――」

「それは結構。養父と二人の頃は料理屋が届けてくれていたのだが、今年は断って、シロと俺の分のおせちを拵えた。あのあま干し柿の作り方を書き遺しておいてくれた養父の亡妻が、正月料理についても事細かに記していたので、黒豆や田作を煮たり、紅白なますや伊達《だて》巻きを作ったりと、いろいろ試してみた。正月料理とやらは美味いが、三度三度、これればかりだと飽きてしまう。除夜の鐘を聞きながら、大晦日から食うて、元日の朝、また食べると、猛烈に嫌気がさしてきた」

「召し上がりたいものがおありでしたら、おっしゃってください」

とりあえず、季蔵は皿に屠蘇《とそ》を注《つ》いでシロに勧めた。

犬は酒を飲むと死ぬこともあるとされているが、シロは酒に目がない変わった体質《たち》の犬なのである。

二

「酒の肴《さかな》にしてやってくれないか」

蔵之進は愛《いと》おしげにぺろぺろと皿を舐めている愛犬を見つめた。

「それでは――」

季蔵は海苔の天麩羅《てんぷら》と鮪《まぐろ》の重ね仕立てでもてなすことにした。

海苔の天麩羅は鳥谷のために作ったのと同じに揚げて冷ます。やや厚めに切った鮪の赤身は醤油と酒で合わせておく。

葱は白髪ねぎにする。

味を付けた鮪と海苔の天麩羅を互い違いに重ねて、白髪ねぎを飾って仕上げる。

ねぎと、好みの柚子《ゆず》胡椒は蔵之進だけが添えて食べた。

シロの方は「ワン、ワン、ワン、ワン」と四度鳴き、満足の程を表した後、ふわりと欠伸《あくび》をした。

「律儀にも新年の挨拶代わりで、大盤振る舞いの四度鳴きか？」

季蔵は苦笑した。

「ところで、段兵衛《だんべえ》長屋の芳三《よしぞう》殺しの黒幕の調べはしているのか？」

箸を手にしつつ、蔵之進は目を細めた。

蔵之進のこうした笑いは何を考えているのかわからない。不可思議さしか伝わってこない。

「いいえ、何も」

正直なところ、五助《ごすけ》を助けるので精一杯の年の瀬だったのである。

「源造《げんぞう》は今際《いまわ》の際に何か言い残さなかったのでしょうか？」

芳三殺しは手習いの師匠の中島文之助《なかじまふみのすけ》が、長屋の住民の立ち退《の》きを目論《もくろ》んでいた大家の源造に唆《そその》かされての仕業だった。

「言い残したところで、外に洩《も》れるものか。この外というのには、もちろん北町のお奉行の耳も含まれている。黒幕が奉行所の中の者たちと通じていなければ、殺された芳三のところの水瓶《みずがめ》に細工をし、煙管《キセル》を確たる証として、源造の首を刎《は》ねることなどできはしなかったはずだろう？」

季蔵に相づちをもとめた蔵之進は、証拠捏造《ねつぞう》の話を烏谷から聞いていた。

「ただし、中島文之助の話は洩れ聞いた。源造に手を貸したのは、開いている手習所を守り、子どもたちの指導を続けるつもりだったからだと話していたそうだ。こんなことにさえ手を染めなければ、中島は貧しい家の子に謝儀は決して請求しない、学びこそが唯一無二の光だと信じてきた、信念の師匠だったのだ」

「中島先生の手習所は、どうなりました？」

「中島が捕縛されてすぐ閉められたままだったのが、師走の二十日を過ぎて取り壊しが始まった。何でも、あそこは初春には梅が、秋には萩《はぎ》が見頃になるそうで、噂《うわさ》では桜や桃の木を足し植えて、風情のある料理茶屋になるのではないかという話だ」

「それを建てようとしているのは誰なのです？」

「わかったら苦労はないさ」

蔵之進は苦く笑って、

「こっちはここで手詰まりとなった。これ以上は無理だ。本当に何も進展がないのだとしたら、そっちも多少は動いてくれぬと困る」

また細い目になった。

――蔵之進様は、年末年始と人づきあいで忙しく、ここへ来ることのできないお奉行様の代理でわたしを叱咤《しった》に来たのだ――

「わかりました」

季蔵は大きく頷《うなず》いた。

蔵之進が去ってしばらくすると、長崎屋《ながさきや》五平《ごへい》がぶらりと入ってきた。

二つ目の噺家《はなしか》で松風亭玉輔《しょうふうていたますけ》と名乗っていたことのある五平は、今は父親の後を継いで、大きな廻船《かいせん》問屋の忙しい主であった。

そして二番目の子を宿している愛妻ちずは、元娘浄瑠璃《じょうるり》の人気者水本染之介《みずもとそめのすけ》である。恋煩《こいわずら》い一歩手前まで思い詰めていた五平が、おちずと晴れて夫婦《めおと》になれたのは、相談を受けた季蔵の尽力にもよる。おちずの思い出につながる好物を作って届けた甲斐《かい》でもあった。

「そろそろですね」

おちずの産み月は早春のはずである。

「うれしいような、落ち着かないような。毎日三回も神棚に安産を願ってます。今度は女の子がいいなんて、勝手なことはもう言いませんって神様にお詫《わ》びしました。おちずと生まれる子が元気であればそれで充分です」

「わたしも今日の朝、お内儀さんのことをお願いしました」

「ありがとうございます」

妻子想《おも》いの五平の目が潤んだ。

「佳《よ》い年になると決めて、今日はおめでたい海苔料理をお作りいたしましょう」

季蔵は素早く大ぶりの海老《えび》を頭と尾をつけたまま下拵えし天麩羅に揚げた。

仕掛けた飯はちょうど炊けたところで、砕いた昆布をさらにすり鉢で擂《す》って、適量の塩で調味した昆布茶を加える。

巻き簾《す》に焙った抄き海苔を載せ、その上に昆布茶ご飯を広げて、揚げた海老を巻いて仕上げた。

海苔巻きに切り揃えた時、芯の海老が紅白に見えて何とも心楽しい。加えて海苔巻きの両端は、海老の頭や尾の紅《あか》さとご飯の白さが紅白をなしていて、これまた、圧倒的な祝いの醍醐味《だいごみ》があった。

「まるで海老の日の出ですね。わたしも家族も海老好きだから何よりです。これを食べれば今年はどんな難が降ってきても、頑張って越えられるような気がしてきました、ありがとうございます、いただきます」

　五平の箸と酒が進んだ。

「女所帯の両替屋千田屋《せんだや》じゃ、新年早々、入り婿《むこ》を迎えてのおめでたで結構なことです。これで凄腕《すごうで》の女隠居の梅乃《うめの》さんも、さぞかしほっとなさっていることでしょう。店を構える商人は何と言っても、跡を任せられる者がいないと難儀なもんです。ところで薬種問屋の鈴鹿屋《すずかや》さんもいよいよ、跡継ぎができるようですよ」

「鈴鹿屋さんは早くにご主人が亡くなった後、お内儀さんお一人で店を切り盛りされてきたと聞いています。たしか、跡を継ぐお子さんにも恵まれずにいたとか――」

「鈴鹿屋のお内儀は世津《せつ》さんといって、年齢《とし》は梅乃さんとあまり変わりません。遣《や》り手の女主として、頑張り続けてきて、とうとう倒れてしまいました。半年ほど前のことです」

「具合はよほど悪いのですか？」

「枕から頭を上げられぬほどだそうです」

「跡継ぎは血の濃い身内から選ばれたのでしょうね」

「亡くなった御主人の妹さんの娘、姪御《めいご》さんです。しばしば出入りしていて、三月《みつき》前に養女になりました。さつきさんと言うそうです」

「くわしいですね。鈴鹿屋さんとはよほど懇意なのですか？」

「そうでもありません。鈴鹿屋さんについてこれほど知っているのは、掛かりつけの医者の野々《のの》宮清順《みやせいじゅん》先生から相談を受けているからです。清順先生には、とかく、心が細やかすぎて折れることの多い、女房のおちずも診《み》ていただいているんです」

「なるほど」

——しかし、どうして、今、そんな話をわたしにするのだろう？——

季蔵はやや不可解に感じながら、

「もう、あと少し、海苔巻き海老天をいかがです？」

抄き海苔を焙り、残っていた海老の下処理をしようとしていると、

「わたしもいただきますが、清順先生にも差し上げてくださいませんか？」

五平は真顔を季蔵に向けた。

「ということは——」

「実は清順先生がここへおいでになるんです」

「待ち合わせですね」

季蔵が微笑《ほほえ》みかけると、

「待ち合わせは待ち合わせなんですが、大事な相談があります」

真顔は、まだ季蔵に向いたままであった。

「わたしに——でしょうか？」

「そうです」

五平は大きく頷いた。ほどなく、

「お邪魔いたします」

戸口が開いて、年齢の頃は三十歳ほどで、身幅に年齢相応の貫禄《かんろく》を貯《たくわ》えかけてはいるものの、相手をはっとさせるほど切れ長の目が澄んだ野々宮清順が入ってきた。

名乗った清順は、

「おめでとうございます。新年早々、お願い事で申しわけありません」

深く頭《こうべ》を垂れて、五平に勧められるままに隣りに腰を下ろした。

「わたしでお役に立つことなどあるのでしょうか？」

季蔵は作り終えた海苔巻き海老天の載った皿を五平と清順の間に置いた。

「飲まれますか？」

もしやと思ったがその通りで、

「思うところあって、酒断ちしております」

清順の表情は固い。

「それでは、祝い酒の代わりにせめて、日の出に似た海苔巻き海老天だけでも」

五平に促されて、

「ありがとうございます。実は独り身の独り暮らしなものですから、昨夜から何も食べていません」

箸を手にした清順は夢中で食べ終えると、

「ああ、生き返った――」

ふーっと大きく満足のため息をついて、

「長崎屋さんに、これをあなたに見てもらうようにと言われて来たのです」

折り畳んである文を取り出して季蔵に渡した。

三

引き札に刷られている文字を切り抜いて並べ替えた文は以下のようにあった。

鈴鹿屋の先行きへの想いを変えたお世津の命を白い雪の精が奪う。


「これはわたしが鈴鹿屋の跡継ぎのさつきさんから預かったものです」

清順は告げた。

「ということは、鈴鹿屋宛《あて》に届けられた文ですね」

「もちろん、書いた者の当てなどありません」

清順本来の穏和な表情に怒りが走った。

「しかも雪の降り出した師走からこうして三通も――」

清順は忌々しげに呟《つぶや》いて、あと二通も季蔵に渡した。

文面も引き札から切り抜いた文字も全く同じものである。

「昨年末から鈴鹿屋に変わったことはありませんでしたか？」

「あるといえばあるのですが――」

清順が口籠《くちご》もると、

「こんなことが、と思うような些細《ささい》なことから、真相に行き着くことだってあります。どうか、先生、話してください」

五平が促した。

「寒さとともに病も増えるので、師走はわたしども医者だけではなく、薬種問屋の鈴鹿屋も猫の手も借りたいほどの大忙しです。在所に帰り、大往生したという風呂焚《た》きや庭掃除をしていた爺《じい》やの孫娘が一時、手伝いに来ているくらいです。その娘は南美《なみ》といって年齢は十六、七歳。働き者で明るいだけではなく、上総《かずさ》の田舎育ちとは思えない、男なら気にならずにはいられない、楚々《そそ》とした美形です」

「もしかするとその南美さんは色白では？」

「ええ、さつきさんに引けを取らないほど――」

――さつきさんも色白となると、文に記されている白い雪の精は、女を示すものではないのだろうか？――

季蔵は心の中だけで首をかしげて、

「それにしても、お世津さんの命が奪われるというのは、ただごとではありませんね」

清順の方を見た。

「お内儀さんの心の臓はたしかに多少は弱っています。けれども、すぐにどうこうというわけではありません。まだまだ長生きができるはずです。ですが、半年前に発作を起こしてから、気弱になって、すぐにも死ぬようなことを口走ったりして、とにかく、心が病に罹《かか》っている状態です。枕から頭を上げることができないでいるのもそのせいなのです」

「こんなことをいうのは不謹慎だが、噺でよくある落ちは、その文を出してるのは、お世津さんに早く逝っちまってほしい奴ってことになる」

五平が口を挟んだ。

「それだとさつきさんも疑われるが、あのさつきさんに限って、そんなことあり得ません」

清順は言い切った。

「入り婿になるお相手はどんな方です？」

季蔵の問いに、

「医家の三男坊で長岡仁太郎《ながおかじんたろう》、手習所で机を並べたわたしの友人です」

清順は微笑んだ。

「医家に生まれたのに医者にはならなかったのですか？」

「長岡は勉学よりも好きなことがありました」

「わかった、長岡さんは男前なんですね」

ふふっと笑って五平は言い当てた。

「三男の上、役者顔とあって、あちこちから入り婿の誘いが絶えなかったのですが、すぐには決めず、いい年齢になるまで、ふらふらと遊び歩いた末に、父方の遠縁である鈴鹿屋に納まることになったようです」

「すると、さつきさんも長岡さんもどちらも主の縁続き、鈴鹿屋にとっては願ったり叶《かな》ったりの縁というわけですね」

「そうですとも」

清順は力強く頷き、

「そのはずでした。鈴鹿屋にあの南美さんが現れるまでは――」

はぁとため息を洩らした。

「縁組みが決まった長岡は、義母になるお世津さんを鈴鹿屋へよく見舞っていました。そもそも遠縁とはいえ親戚筋ですし」

「そこで稀代《きたい》の色男が、ばったり、天女のような美女と出くわしてしまったというんだね。さあ、大変だ」

五平が噺の調子で乗ると、

「面白がるのは止めてください」

清順は思いきり睨《にら》み付けた。

「すみません」

五平は首をすくめた。

「でも、まあ、長崎屋さんが言った通りなんです。毎日のように南美目当てに通ってくる長岡のことは奉公人たちの噂にもなりました。若い南美には分別がなくて、とうとう、言い寄ってくる長岡に肩を抱かれているところを、よりによって、さつきさんが見てしまいました。それからのさつきさんは、養母のお世津さんや奉公人たちの手前、表面は平静を装っているものの、実は心を深く病んでいるのです」

「さつきさんはよほど長岡さんを好きなのでしょうね」

五平の言葉に、

「あの長岡が相手ですから――」

清順は苦笑した。

「お話はよくわかりました。それで先生は何を案じておられるのですか?」

季蔵は訊《き》いた。

「鈴鹿屋は薬種を商っているので、年が明けて三日目には必ず、薬膳雑煮を皆で食べて無病息災を祈ることになっています」

「正月早々薬膳ですか?」

五平は顔を顰《しか》め、

「どんなものなのでしょう?」

季蔵は興味を惹《ひ》かれた。

「わたしは昨年、たまたま三日に挨拶に伺って馳走になりました。ご主人とその御家族は鯛《たい》、奉公人は鯵《あじ》を生姜《しょうが》と茴香《ういきょう》(フェンネル)風味のつみれにして、焼いた餅《もち》と合わせた雑煮です。汁は鰹出汁《かつおだし》にウコンを溶かした塩味でした。風邪《かぜ》のひきはじめに効き目のある胡椒や、白髪葱も入っていました。生姜や茴香は胃腸の働きを助け、ウコンは悪酔を防ぐと言われています」

無言の五平を尻目に、

「薬種問屋さんらしく、何と滋味豊かな雑煮なのでしょう。どれも香りの強い、生姜、茴香、胡椒、葱、ウコンで風味づけすると、高級魚の鯛も下魚の鯵も、あまり変わらない味に仕上がるのではないかと思います。鯵を代用にする奉公人の方々も、鯛の薬膳つみれを食べたような気分になれて、これはなかなかおめでたい趣向ですね」

季蔵は思ったままを口にした。

「わたしが案じているのはそこなのです」

清順は思い詰めた目になって、

「昨年、主のお世津さんは、鯵つみれの方を食べて〝美味しい、美味しい、これぞ、鯛好きだった権現様に、食べてもよいとお許しをいただいた、鈴鹿屋の雑煮です〟と舌鼓を打ったそうです。お世津さんが鍋を間違って椀に盛りつけたと、奉公人が気がつくまでわからなかったとか――」

「薬膳雑煮を拵えるのは主の役目なのですね」

「そう聞いています」

「主はお一人なので鍋は小さいものを、大人数の奉公人用は大鍋を使うはずで、間違うはずなどないのでは？」

「鈴鹿屋では代々、主も奉公人も共に家族という考え方なので、たとえ一人分であっても、鍋は同じ大鍋を使い、汁も同量を入れて、鯛、鯵の各つみれを一人分ずつ落とし入れて煮上げます。鈴鹿屋の家訓にある主のお役目、薬膳雑煮作りはここまでです」

――なるほど、これなら間違えてもおかしくはない――

「今年は跡継ぎのさつきさんのお役目になるのでしょうか？」

季蔵はふと思いついて念を押してみただけだったが、

「そうなのです、それがとても案じられるのです」

清順は訴える眼差《まなざ》しになった。

「何か気になることでもあるんですか？」

五平が訊いた。

「実は、わたしは初めておかしな脅しめいた文が届いた時から、ずっとさつきさんの相談相手になっています。今や、長岡と南美さんのことも重なって、さつきさんの心労が膨れ上がっているのです。眠れない、食が進まない等、身体《からだ》にまで響いてきていて、見ているこちらが辛いくらいです。そんなさつきさんが聞き捨てならないことを文で、わたしに――。重い内容でした」

清順はさつきの文を懐から出したものの、しばし握ったままでいた。

「わたしが読みます」

季蔵が取り上げて声に出して読んだ。

「〝少し前まで、わたしは幸せ者でした。幼い頃から可愛《かわい》がってくれた伯母の養女になって、鈴鹿屋の跡を継ぎ、好いた夫にも恵まれるのだと信じていたんです。ところが、あの南美という娘と仁太郎さんが出会ってしまった時から、それはもう遠い夢となり、地獄の日々に変わりました。わたしの夢を壊した南美が憎い。死んでしまえばいいと思いもしましたが、そうなったところで、仁太郎さんの心は取り戻せません。その上、南美があと半年ほどここにいることになったと、何も知らない養母から聞きました。なぜか、養母は南美贔屓《びいき》なんです。南美が居座るこの家で仁太郎さんと形だけの夫婦になって、床に臥《ふ》している養母を安心させなければならないのかと思うと、わたしはもう気が狂いそうです。跡を継ぐという養母との約束さえなければ、わたしは明日にでもここを逃げだしたい、養母や鈴鹿屋など、消えて無くなってしまえばいいという気持ちです〟。こう書かれていました」

「たしかにこれは大変なことだ」

聞いていた五平の口調から、噺家風の洒脱《しゃだつ》さが完全に消えた。

四

「そこで折入って、お頼みがあるのです」

清順は切り出した。

「わたしでお役に立つことでしたら――」

季蔵は内心、そんなことがあるのだろうかと思った。

「明日、正月二日、鈴鹿屋へわたしと一緒に行っていただけませんか？」

清順の目は必死である。

「ご一緒するのは吝《やぶさ》かではありませんが、いったい、何のために？」

首をかしげる季蔵に構わず、

「わかりましたよ、先生、それが何よりです」

五平はまずは清順に頷いて、

「季蔵さんに鈴鹿屋の薬膳雑煮作りを仕切ってもらうよう、病床のお世津さんに話されるつもりですね」

ほっと安堵のため息をついた。

「しかし、鈴鹿屋では例年、薬膳雑煮作りは、主か跡継ぎのお役目なのでしょう？」

まだ首を縦にふらない季蔵に、

「お内儀さんはこのまま自分は死ぬのかと恐れて言い散らす反面、早く元気になって元のように働きたいと強く思っておいでです。薬膳に通じた料理人が腕を奮う薬膳雑煮は、従来のものより抜きんでて美味しく、薬効でも勝るのだと言って説得すれば、得心していただけるはずです。お願いです、この仕事を引き受けてください」

清順は頭を垂れた。

――それほど薬膳料理に通じているわけではないのだが――

季蔵はやや苦い笑みを浮かべて承諾した。

翌日、季蔵は清順と共に鈴鹿屋を訪れた。

――たしかにな――

気のせいか、養女の祝言が間近だというのに、鈴鹿屋の空気はどんよりと淀《よど》んでいるように感じられる。

――おそらくは、お内儀さんが病に臥されての新年のせいだろうが――

「先生、よくおいでくださいました」

出迎えた薄毛の大番頭は、はたと気がついて、あわてて年が明けた挨拶をした。

「新年早々の粗相で誠に申しわけございません」

大番頭に案内されてお内儀の部屋へと廊下を歩いて行く。

部屋が見えてきたところで、障子が開いて若い女が出てきた。

美貌《びぼう》だけではなく叡智《えいち》に勝っている様子の十八、九歳の娘である。

「先生――」

娘の訴えるような眼差しが涙で濡《ぬ》れていた。

「明けましておめでとうございます」

清順と季蔵に向けて頭を下げると急ぎ足で去って行った。

「あの方がさつきさんです」

清順が告げて、

「お邪魔いたします」

部屋に入った。

部屋の中には蒲団《ふとん》が延べられ、窶《やつ》れた様子の四十歳近くの女が病臥《びょうが》している。

そばには、叡智とは無縁と断言できるが、美しいというよりも可憐で愛らしい少女のような女が座布団を抱えていた。

「お南美、座布団はお尻に敷くものですよ。それに隅に積んであるお座布を先生方にお当ていただかないと。さあ、早くして――」

お世津の目は言葉とは裏腹に蕩《とろ》けるように優しかった。

「はーい」

自分の座布団を置いて立ち上がったお南美は隅の座布団を二枚手にすると、立ったまま清順と季蔵に手渡した。

「あらあら、お客様がお座りになる場所に置かないといけませんよ」

「それじゃ」

お南美は二人から引ったくった座布団を、蒲団のそばにぽとぽと落とした。

二人が座ったところで、

「昨日も食欲はないし、胸のあたりが苦しいしで、よほど先生をお呼びしようと思ったんですよ。でも、元日早々じゃ、申しわけないと思って遠慮してました。先生からの文は届いてます。鈴鹿屋の薬膳雑煮作りをお任せするっていうのはこの方ですか？」

お世津は切れ長の目の端に季蔵の顔を刻んだ。

季蔵は名を名乗り、新年の挨拶を済ませた。

「先生のおっしゃる、あたしの身体にいい薬膳雑煮っていうのは、悪かないと思います。御先祖様も正月三日に店の者が揃って、薬種問屋らしく薬膳雑煮を食べるようになって、お決めになっただけで、鯛と鰺のつみれを使うってこと以外は、あれこれうるさいことは言ってませんから。ただし、仏壇にも供えるんですから、これぞという出来映えで、御先祖様にも喜んでもらえないと困ります」

お世津は季蔵を見つめたままでいる。

「存じております」

季蔵は言い切って、

「必ず、お内儀さんの舌だけではなく、こちらの御先祖様方にも喜んでいただける仕上げにいたします」

淡々と続けた。

この後、清順がお世津の脈を取り、舌を診るなどして、

「特にお変わりはございません」

と告げると、

「そうでしょうか？」

お世津は不満そうに鼻を鳴らし、そばにいたお南美の手をぎゅっと握りしめて、

「あちらでお茶と当家の柚子餅を召し上がって行ってください」

二人に部屋を移るように促した。

この時、清順は茶簞笥《ちゃだんす》の上に雪中花（水仙）が一輪挿しに活《い》けられているのに気づいて顔をしかめた。

「お内儀さんは、花の強い匂《にお》いがお好きでなかったのでは？　合わない匂いのせいで加減が悪くなることもございます」

「いいんですよ」

お世津は軽く清順を睨み、

「お南美があたしのために、庭に咲いているのをわざわざ切ってきてくれたんですから」

お南美に向けて微笑んだ。

廊下ではお多福顔で穏和な印象の中年女が待ち受けていた。滝《たき》と名乗って新年の挨拶をすると、

「先生、お茶の用意はこちらにできております」

客間へと案内した。

待ち受けていたさつきは、青ざめた顔で柚子餅の説明をはじめた。

「この柚子餅は、正月の二日に食べると決められている鈴鹿屋の薬膳菓子です。どうか召し上がってください」

「鈴鹿屋の元日にはたしか屠蘇に似て非なる、数えきれぬほどの生薬を混ぜて何年も寝かせた、門外不出の薬膳酒が振る舞われるのでしたよね」

清順は快活に話を運ぼうとした。

「はい」

応えたものの、憔悴《しょうすい》した様子のさつきは自身を奮い立たせるように、

「柚子餅は、まず横半分に切った柚子釜の果肉を取りだします。この果肉に、粗く挽《ひ》いて水でこねた餅米の粉に砂糖、刻んだあま干し柿を加えて、羊羹《ようかん》のようによく練り合わせ、柚子釜に戻します。蓋《ふた》をして糸でからげ、蒸籠で蒸して冷まします。すぐに食べない時は軒下に吊して乾かします。食べたい時に輪切りにして串《くし》に刺し、醬油をつけて焼いて供すのです」

早口で柚子餅の作り方を話してくれた。

串を手にして口に運んだ清順は、

「昨年は正月三日の薬膳雑煮をいただいただけでした。それにしても、何ともいい香りがしますね。わかるのは肉桂（シナモン）だけだが――。他に何が入っているかな？　もしかして、元日に皆さんで飲む薬膳酒ですか？」

何とか、相手の気を引き立たせようと、無邪気に柚子餅の風味づけの妙を讃《たた》えたが、

「失礼します。わたし、気分が優れなくて――」

さつきは立ち上がって客間を出て行ってしまった。

入れ替わりに、お滝が茶の代わりが載った盆を手にして入ってきて、

「お嬢様ったら、泣きたいのを我慢して、お二人の応対をするようにっていう、お内儀さんの言う通りになさってたんですよ。お可哀想《かわいそう》に」

深々とため息をついた。

「わたしたちの相手が嫌で?」

清順は真顔で問いかけた。

「とんでもない。いつもは先生がおいでだと、お嬢様、ほっとしたお顔になるじゃありませんか」

「お内儀さんとの間に何かあったのですか?」

季蔵はお世津の部屋から出てきた時から、すでに青かったさつきの顔色に思い到った。

「先ほど、お嬢様が泣いてわたしのところへいらっしゃいました。わたしは奉公人にすぎませんが、年齢だけは嵩《かさ》んでおりますので、時折、お嬢様がお話しになるんです。わたしみたいな者にねえ――」

お滝の声が湿って、

「さつきお嬢様は手習所で読み書き算盤《そろばん》が右に出る者がいないほど、頭がよくて、その上、おっかさんを早くに亡くしていたもんだから、煮炊き、針仕事、掃除と何でもお出来になります。そのうえ器量好《よ》しと来れば、男にとっちゃ、こんないい相手はいないはずだって、わたしは今でも思ってます。でも、近頃お嬢様は塞《ふさ》ぎがちで――。わたしごときが案じる

だけでは、お嬢様の病み始めている心を元に戻すことはできません。それで清順先生に心の裡《うち》を文に書いて、診ていただくようにお勧めしたんです」

洟《はな》をすすり上げた。

「さつきさんの悩みの種は、お南美さんですね」

季蔵は話の先を促した。

五

「どんな相手も、特に男や暮らしの心配がない代わりに心が寂しい年配の女は、お南美のお天道《てんとう》様みたいな根っからの明るさと、そこいらのちょっとした美人とは一味違う、愛くるしさに骨抜きになっちまうんですよ。野良猫の中には寄ってこられるとついつい膝《ひざ》に乗せて、気がついた時にはぎゅっと抱きしめてて、もう放したくないってのが時折いるでしょ？　いずれ引っかかれるってわかっててもね。お南美って娘はああいう感じで、それでお内儀さんだけではなく――」

お滝は言葉を淀ませた。

「長岡仁太郎も美猫の術に嵌《はま》ったというわけか？」

清順はやや憤った口調になった。

「田舎出まるだしの礼儀知らず、不調法さえ、お内儀さんは目を細めなすってて。片や跡取りのさつきお嬢様には、あれもこれも気に入らないと小言幸兵衛《こごとこうべえ》の毎日です。その上、あの入り婿になるっていう仁太郎さんまでが、お南美に色目を使ってるもんだから、お嬢様贔屓のわたしとしちゃあ、ここはお南美の居ていい場所じゃないと思うんです」

「お南美さんさえ出て行けば、さつきさんと仁太郎さんは元の鞘《さや》に納まると思いますか?」

この時、季蔵はさつきの文の件《くだり》を思い出していた。

——あれには養母のお内儀さんがお南美さんを贔屓にしていると書かれていた。だが、これほど、お南美さんに肩入れしていることまでは、この目で確かめてやっとわかった

「まあ、ここまで来れば、お嬢様と仁太郎さんは祝言を挙げるでしょうけれど——。お南美はここに居続けますよ。だって、お内儀さんはさっき、お嬢様に、養女は一人より、二人の方がいいから、是非ともお南美を妹にしてほしいとおっしゃったそうですから」

これを聞いた清順は、

「よくもそんな——」

お世津を罵りかけて止《や》め、

「もしや、お南美さんはさつきさんほど濃くはない、鈴鹿屋さんの遠い血縁のお方では?」

思わず季蔵は訊いていた。

「あら、まあ」

お滝は仰天して、

「何を証にそんなことをおっしゃるんです? さつきお嬢様は亡くなられた旦那様の妹さ

んの忘れ形見に違いありませんが、お南美なんてどこの馬の骨だか知れたもんじゃないんです」

「でも、ここで働いていた風呂焚き爺やの孫娘だと聞いていますが」

「旦那様の姪御さんと風呂焚きの孫娘とじゃ、あなた、月とすっぽんでしょうが。養女だ、姉妹だなんて、いい加減にしてほしいもんですよ」

お滝は眉《まゆ》を吊《つ》り上げた。

「お内儀さんはお南美さんと仁太郎さんのことは気づかれていないのですか？」

季蔵は訊かずにはいられなかった。

「お内儀さんは臥せっていて、気づかれていないかもしれないと思いましたんで、わたしがそれとなく話して、暮れのうちにお南美をここから追い払おうとしました」

「お内儀さんは何と言ったのだ？」

清順は厳しい目を向けた。

「〝ああ、そう。若い人たちはいいわね。さつきはしっかり者だから何があっても、ちゃんとやって行けますよ〟とだけ。怒っているようには見えませんでした。その時、わたしは、お内儀さんはもしかして、お南美と仁太郎さんが駆け落ちしてもいいと、思っているのかもしれないと――。そして、先ほども申しましたが、お南美を養女にすると言い出されたんです。そうなると、お内儀さんはさつきお嬢様を差し置いて、せめて死出の土産にと、お南美と仁太郎さんの祝言を挙げる気なのでは？　酷《ひど》い、酷い、ひたむきに仁太郎さんを想ってきたお嬢様が可哀想すぎます」

お滝は両袖《そで》を顔に押し当てて泣き声を消した。

しばしして、廊下を走る音が迫り、

「あたしも柚子餅ぃ、喉《のど》も渇いた。お茶より甘酒、お酒でもいいな。あ、でもあの薬臭いのはごめんよ」

お南美が障子を開けて入ってきた。

「おまえは下働きなんだよ」

お滝の眉が思いきり上がった。

「あら、だって、さっき、お内儀さん、あたしを養女にしてくれるって言ったわよ」

お南美はお内儀の部屋にいた時とうって変わって能弁である。

「お内儀さんね、〝妹だからって、さつきに遠慮しなくていい〟って。だから、焼きたての柚子餅とお酒ぇ、お願い」

客の前だというのに横座りになって畳に後ろ手をついた。

その所作は飼い主に少しだけ拗《す》ねてみせて、刺身の残り等をねだる、若くて毛並みの揃った我《わ》が儘《まま》な雌猫を思わせた。

「先生、お医者でしょ？　大変よね、嫌じゃない？　病人ばっかし相手にしてる毎日って？」

お南美はわざとではないのだろうが、着物の裾《すそ》が乱れるように座り直した。

「わたしは失礼します」

憮然《ぶぜん》とした表情で清順は立ち上がり、

「明日は薬膳雑煮を作りに伺います」

季蔵も倣った。

「酷い、酷いとお滝は言っていたが本当にその通りです」

帰路、清順は遣る方ない憤懣を洩らした。

「さつきさんが気の毒すぎる」

清順の声が泣いていた。

「せめて、わたしは明日、出来ることをいたします」

季蔵には慰める言葉が見つからなかった。


翌日、季蔵が鈴鹿屋に着いてみると、清順の幼馴染みの長岡仁太郎が、紋付き袴《はかま》の端正な身繕いで先に来ていた。

名乗って新年の挨拶を交わしあった後、

「今日は塩梅屋さんの美味しい薬膳雑煮を楽しみにしています。わたしはどうも、あのウコンの汁仕立てが苦手で――」

さわやかな笑い顔を向けてきた。

「何の、酒浸りの遊蕩三昧のおまえには、酒に負けないウコンが何よりだろうが――」

傍《かたわ》らで話を聞いていた清順は苦虫を嚙《か》み潰《つぶ》したような表情であった。

「よろしくご教示ください」

赤い襷《たすき》を掛けたさつきが廊下を歩いてきた。

「ご案内いたします」

さつきの言葉で、季蔵は仁太郎と清順をその場に残して厨へ進んだ。

厨ではすでに竈《かまど》に火が点《つ》けられていて、大鍋に湯がぐらぐらと煮えたぎっている。

この一瞬、季蔵の頭にさつきが清順に託した脅しの文が踊った。


鈴鹿屋の先行きへの想いを変えたお世津の命を白い雪の精が奪う。


「すみませんが、井戸へ案内してください」

季蔵は自分で井戸から大盥《おおだらい》に水を汲み上げ、両手で掬《すく》ってがぶりと飲んだ。

――白い雪の精が石見銀山鼠《ねずみ》取《と》りだとすると、井戸の水に投げ入れた場合も無味無臭だ。

ただし濃度が濃ければすぐに症状が出てくるはず――

季蔵はしばらく大盥の前に蹲《うずくま》っていた。

――入っていたとしても、致死する量ではない――

季蔵は塩梅屋から水も運んできた方がよかったと後悔しながら、大盥を厨《くりや》へと運んだ。

「使われていない鍋にこの水を入れて煮立たせてください」

「用意してあった鍋の方は？」

　さつきに訊かれると、

「捨ててください」

　きっぱりと言った。

　新しく鍋の水が煮立てられる。

「あの――」

　さつきの顔は変わらず青く、目の下の隈は眠れなかった証だった。

「清順先生から聞いて、もしや、わたしが恐ろしいことをしでかすとお思いなのでは？

あなたはわたしを見張るためにここにおいでなのでは？」

　耳元で囁くさつきに、

「鈴鹿屋の先行きへの想いを変えたお世津の命を白い雪の精が奪う、こんな文をあなたに
届けた者を見つけ出して、あなたも含めてここの皆さんを安心させたいだけです」

　季蔵は穏やかに微笑んだが、相手は、はっと息を洩らしてさらにまた青ざめた。

　念には念を入れて、季蔵はもう一つの大盥に水を汲んできて厨に運び、鍋、包丁、俎板《まないた》、
菜箸等の調理器具を洗い清めた。

　鯛と鯵等の食材は用意してきてある。

　これらを三枚に下ろしてつみれに叩き、舌ざわりのいいように、少量の卵と小麦粉をつ
なぎに入れる。鯛や鯵同様に持参してきた生姜をすりおろして汁を搾って加え、砕いて粉

にした茴香の種で風味づけし、塩を加減して調味を終えた。

季蔵は下拵えのできている鯛つみれ、鯵つみれの鉢から目を離さないよう、竈の近くに各々を並べて置いて、大鍋で出汁作りを始めた。

煮立てた鍋に鰹節で出汁を取る。これと同時進行でやはり、目の届くところに置いた七輪でさつきに餅を焼いてもらった。

「焼き加減を見たいので、最初に焼き上がった餅を食べさせてください」

季蔵は餅の表面に白い雪の精が塗られていることを案じた。

「わたしもいただきます」

察して倣ったさつきは、きつい目を季蔵に向けた。

六

季蔵は緊張を解かず、篦《へら》で小皿に鯛と鯵のつみれの種を取ると、小匙《こさじ》を添えて、跡継ぎであるさつきに、各々の大鍋に落として煮上げるよう頼んだ。

「お願いします」

「でも、わたしは——」

さつきは硬い顔で首を横に振りかけたが、

「いずれ、あなたは鈴鹿屋の主になられる方です」

季蔵はさつきを励まして、薬膳雑煮に限っては主自ら厨に立つという、鈴鹿屋の伝統を守らせた。

　残りの各々のつみれは季蔵が引き受けて、刻んだ抄き海苔を入れ、梅風味の煎《い》り酒で調味して薬膳雑煮の汁は出来上がる。

　ほどよく焼けて柔らかくなった餅を椀に盛り、この汁をたっぷりと注ぎかけ、白髪葱とすり下ろした山葵《わさび》少々を載せる。

　この間、季蔵の五感はさつきだけではなく、厨で手伝う下働きたち全員の動きを追い続けていて、目の前でお内儀のための薬膳雑煮が仕上がった時には、

　――よかった――

　心の中で大きく安堵《あんど》のため息をついて、お世津のために、たっぷり鯛つくねの入った薬膳雑煮を椀によそった。

　鈴鹿屋では主が、薬膳雑煮をいの一番に食すことになっている。

「お内儀さんにはわたしがお運びいたします。さつきさんもご一緒にいらしてください」

　――最後まで気を抜いてはならない――

　季蔵は椀と揃いの金粉が使われている輪島塗りの膳を両手で掲げ持った。

　部屋ではお世津が待ちかねていた。

「まずは、どんな工夫をなすってくだすったのかお聞きしたいですね」

　お世津は季蔵を見据えた。

「出汁をウコンから海苔に変えました。海苔には、さまざまな薬効があると聞いております。胃の腑や腸への負担をかけずに腸の働きをよくしたり、血が薄くなりすぎるのを止め、何より、卒中や心の臓の病を防ぐ優れ物が海苔なのです。お内儀さんは普段、あまりお酒は召し上がらないと清順先生から伺っていましたので、肝の臓の働きを助けるウコンよりも、罹られている心の臓の病に薬効のある海苔の方が、よほどふさわしいと思い、選びました」

「まあまあ、このわたしのために――」

椀と箸を手にしたお世津は目を細くして、一口汁を啜《すす》ると、

「海苔が春の海を感じさせて、いい匂い」

うっとりと目を閉じ、

「あら、仄《ほの》かに梅の香りもします。これも新春らしくていいものですね」

目を開いた表情は柔らかで、

「塩梅屋さん、さすがです」

「ありがとうございます」

季蔵は頭を垂れた。

「久々に気持ちよく、するすると喉を通るものをいただくことができます」

お世津は箸を止めずに食べ終えると、

「鈴鹿屋では主が食べ終わるのを待って、店の者たちが食べ始めるんです。塩梅屋さん、

鯛のつみれ入りは三人分ではなく、必ず四人分に増やしてくださいね。御先祖様とさつきに仁太郎さん、それにお南美の分です」

　頼むのを忘れなかった。

　厨に戻った季蔵とさつきが三人分の鯛つみれ、奉公人たちの鰺つみれの各々の薬膳雑煮を椀によそい、大広間に運んだ。

　異変が起きたのは、大広間に集まった人たちが、張り替えられたばかりの畳の匂いに包まれて、しんと静まり返りつつ、神妙に箸を動かしていた時だった。

「大変です」

　顔色を変えたお滝が座敷に飛び込んできた。

「薬膳雑煮を召し上がったお内儀さんが——、お内儀さんが息をしておいでになりません」

　お滝は季蔵とさつきの顔を睨んでいる。

　清順の目配せに、季蔵はすっくと無言で立ち上がり、二人してお世津の部屋へと急いだ。

　障子を開けると蒲団の上に横たわっているお世津のほかに、気を失ったお南美が畳の上に倒れていた。

「お内儀さんがどうしても、お南美をここへ呼んで食べさせたいっておっしゃったんで、わたしがお連れしました」

　お滝が告げた。

清順は蒲団の上のお世津の首筋に触れて頭を横に振った。

お世津の顔には苦悶《くもん》が色濃く残っている。

次にお南美の首筋にも人差し指を押し当てると、

「こっちにはまだ脈がある。すぐに盥を」

清順は大声で叫んだ。

すぐに盥が運ばれてきて、お南美を助け起こした清順が力をこめて背中を押した。

気がついたお南美は、

「苦しいっ」

背中をくの字に曲げて、げえげえと盥に吐き続けた。

こうしてお南美は一命を取り留め、別の部屋へと移された。

「吐いて身体から水が抜けるのはよろしくない。毒を完全に抜かねばならぬ。解毒も兼ねて福茶を用意してくださらぬかな。これを出来るだけたくさん飲ませてほしい」

昆布、黒豆、山椒、梅干等を加えて煮出したのが福茶で、正月には欠かせない滋味豊かな茶であった。

「わかりました」

廊下に控えていたお滝が承知した。

すると、横にいた真っ青な顔のさつきは、

「わたしがいたします。福茶好きのお養母《つかか》さんは、師走の節分の頃からこれを飲んでいて、いつも、わたしの淹れる福茶が美味しいと喜んでくれていました。今は何としても、これでお南美さんに元気になってもらうのが、何よりだと思います」

そう、言い切って、立ち上がろうとした時、ふらりと一度よろめいた。

「お嬢様、大丈夫ですか？」

お滝に支えられて厨へと向かった。

「さて、どうしたものか？」

季蔵に迫った清順の眉が上がっている。

「これほど効きめの早い毒は、まず石見銀山鼠取りだろう。〝鈴鹿屋の先行きへの想いを変えたお世津の命を白い雪の精が奪う〟世にも恐ろしいことが本当に起きてしまった」

「わたしをお疑いですか？」

季蔵の言葉に、

「薬膳雑煮はあなたとさつきさんが拵えた。誰にも手出しはさせなかったと聞いていま す」

「毒を入れる機会があったのは確かにわたしたちだけです」

「あなたには鈴鹿屋のお内儀を手に掛ける理由がない」

「ええ」

「となると、さつきさんがあなたの目を盗んで毒を入れたことになる。何であなたはちゃんと見張っていてくれなかったんですか？」

清順は恨みがましい目を向けてきた。

「さつきさんは毒など入れていません」

季蔵は言い切った。

「たいした自信ですね」

「はい」

「お上もそう言ってくださるといいのだが——。そうだ‼」

清順は両手を打ち合わせて、

「わたしは医者ゆえ、これは病死ということで届けてしまえば、鈴鹿屋は世間から、身内から罪人を出したなどという誹《そし》りを受けずにすむ」

「お気持ちはわかりますが、残念ながら人の口に戸は立てられぬものです。わたしは今から文を書き、番屋まで使いを出します」

季蔵はやや冷ややかな物言いをして、文に一部始終を書いて、小僧の一人に番屋へと走らせた。

するとそこへ、

「先生、すぐ来てください、お南美の様子が、またおかしいんです」

お滝が障子を開けた。

二人がかけつけた時には、もう、すでにお南美の息はなかった。

「何だ、このざまは？」

清順に向かって、叱《しか》りつけるように口走ったのは、一足早く来ていた長岡仁太郎だった。

お南美の枕元には、さつきがうなだれて座っている。

「福茶は飲ませましたか？」

清順はさつきに確かめた。

「はい、湯呑みに半量ほど。そうしたら、急に苦しみ出して――」

さつきの代わりにお滝が答えた。

「福茶を淹れたのはどなたです？」

季蔵は初めて口を開いた。

「お嬢様はとても弱っていらしたので、わたしが茶葉の量、湯の量をお聞きして淹れました」

「その福茶を飲んだのはお南美さんだけですか？」

季蔵は引き続き訊ねた。

「いいえ、わたしとお嬢様でほんの一口ずつ、急須から猪口《ちょこ》に取って味見をしました。お内儀さんにお淹れしていたのと同じ出来映えだと、お嬢様からお褒めの言葉をいただいて――」

「福茶のせいではないいな」

清順は変わりのないお滝とさつきの双方を見た。

七

「松次親分がお見えになりました」

　手代の一人が伝えにきた。

　入ってきた松次は五助を従えている。

　五助は段兵衛長屋の良吉のところへ読み書きを習いに行くだけではなく、只《ただ》で世話になっていては悪いからと、

「足手まといになるだけだろうが――」

　松次の嘆息を気づかぬふりをして、下っ引き見習いを始めていた。

　季蔵が新年の挨拶をしようとすると、

「まあ、それは互いに後でってことにして、とにもかくにも、驚いちまったよ。年明け早々、あんたに鈴鹿屋のお内儀殺しの嫌疑がかかってるなんて伝えてくるもんだから――」

　松次はやれやれといった様子でいる。

「季蔵さんに限ってそんなことありゃしねえよ」

　五助は変わらず季蔵贔屓である。

「何も調べてもみねえで、ナマ言うんじゃねえ」

　松次はこめかみに青筋を立てた。

「すいやせん、親分」

　一瞬だけ五助はうなだれた。

「仏さんは二人だったな」

　松次は五助を引き連れて、その場のお南美と、自室で息絶えた内儀お世津の骸《むくろ》を各々検《あらた》めた。

「身体に傷はないし、仏さんたちの口に当てた銀の匙の色がどっちも変わったから、毒死にはちげえねえだろう。どんな風に死んだんだ？」

　松次の問いに、

「わたしは疑われている立場ですので、くわしいことはお滝さんに話してもらってください」

「それじゃ、あんたに訊こうかね」

　お滝はお世津が殺された経緯《いきさつ》を話し始めた。

「薬膳雑煮の具のつみれが入った椀や大鍋の汁、焼いた餅に近づけたのは塩梅屋さんとお嬢様だけでした」

「お嬢様について話してもらおう。誰かを恨みに思っていたことはねえのか？」

「それは――」

「正直に言わねえと承知しねえぞ」

　松次はドスのきいた声を出した。

「はい」

お滝は季蔵たちに話したのと同じ、さつきには辛すぎる、この店の人間模様について話した。

「すると、さつきはお南美を贔屓にするお内儀を恨む筋はあるわな」

お滝は目だけで頷いた。

「さつきさんとやら、ほんとうかい？」

松次は居合わせているさつきに斬り込んだ。

「あたしじゃありません」

顔を上げたさつきはきっぱりと言い切った。

「お養母さんは血はつながらないものの、亡くなった母の兄の連れ合いで、れっきとした伯母です。そんな非道をするくらいなら、養女や祝言の話はなかったことにしてここを出ます。たしかに針の筵《むしろ》のような日々でした。お南美が奉公するようになってからというもの、仁太郎さんの心変わりもあって、そうした方がいいのではないかとずっと思い悩んでいました」

「だからと言って、あの可愛いお南美を手に掛けることはないだろう」

仁太郎は許嫁《いいなずけ》に大声を上げた。

「それ、両天秤《りょうてんびん》だったあんたが今、ここで言える筋じゃぁねえだろうが」

五助は我慢できなくなった。

仁太郎の涼しい切れ長の目が思いきり吊り上がり、怒った蛇のような目となって五助を睨み据えた。

「何だ、おまえは？」

「おまえは黙ってろ」

松次はとりあえず五助を叱りつけておいて、

「清順先生が介抱してここへ連れてきたお南美に、福茶を飲ませろと言ってから先の話を、まだお滝に訊いてねえ。早く話してくれ」

「厨でお嬢様と二人で福茶を淹れて、ここへ運んできたら、もう、仁太郎さんがおいででした」

「お南美が殺されかけたというから、案じたままでのことだ。その時はお南美は弱りはしてたが、〝助かった、助かった、よかった、よかった〟って無邪気に喜んでた。そういうところもたまらなくて」

仁太郎はさつきの手前も気にせず惚気《のろけ》た。

「福茶はあんたたちも飲んだのかい？」

松次の問いに、お滝はさつきと味見をしたと話し、

「この通りだよ」

仁太郎は畳の上の空になった湯呑みを持ち上げて見せた。

「さつきさん、あなたはお南美さんにどうやって福茶を飲ませたのです？」

季蔵は骸のそばに転がっている湯呑みを見つめている。

「わたしとお滝がお南美の部屋へ戻ると、不安そうな顔で仁太郎さんが付き添っていました。お南美の大事が心配でならない様子に、わかっていたことですが、目の前が真っ暗になりました。お滝から、急須や湯呑みの載った盆を受け取りはしましたが、眩暈《めまい》がしてきて、盆ごと、〝早く、早く〟と急《せ》かす仁太郎さんに渡しました。でも仁太郎さんは、〝義妹の介抱はお姉さんがした方が〟と言い、福茶を注いだ湯呑みをわたしに手渡してくれて、わたしはそれをお南美の口元へ運びました」

「仁太郎さんが飲んだという福茶は？」

「わたしが気を利かせ、厨に戻って新しく淹れて運んできました」

お滝が答えた。

「となると、お滝さんとさつきさんが味見に飲んだ急須の中にも、仁太郎さんの福茶にも毒は入っていないことになります。毒が入っていたのは、お南美さんが飲んだ湯呑みだけです」

季蔵が言い切ると、

「そうなると――」

お滝はうつむき加減になり、

「馬鹿な」

仁太郎はちらとさつきの方を見た。

「何やら気がついたことでもあるんじゃねえのか？」

松次の金壺眼《かなつぼまなこ》が尖《とが》った。

「一時だったが、さつきさんの片袖で湯呑みが見えなくなったことがあった」

仁太郎は目を伏せた。

「ほんとかね？　そうだとするとあんたが持ってた毒を福茶に入れて、お南美を手に掛けたってことになるぜ」

「違います、第一、あたし、毒なんて持ってやしません」

さつきが大きく首を横に振った時、赤い薬包が島田に結い上げた髷《まげ》の中から畳に落ちた。

拾い上げた松次は、薬包を開けて確かめると、

「これは正真正銘石見銀山鼠取りに間違いねえ。あんたはお内儀やお南美が憎くて憎くて、ついつい間違いをしでかしちまったんだろ？　それにしても、この季蔵さんの目を眩《くら》ませて、お内儀さんの薬膳雑煮とやらに混ぜたのはてえしたもんだぜ。あれももちろん、あんたのしたことなんだろ？　白状しちまえば気持ちが軽くなるぜ」

諭すように言い聞かせたが、さつきは首を左右に振り続けた。

「ただ、効きめの早い石見銀山鼠取りで、お南美さんの方だけが命を取り留めたのは少しおかしくはありませんか？　それと、お内儀さんは薬膳雑煮を召し上がった後、お南美さんを自分の部屋へ呼んで食べさせています。もう、その頃は、毒がまわってお内儀さんは苦しみ悶《もだ》えていたはずです」

季蔵が言うと、

「たしかに、お南美は死にかけてるお内儀を介抱もしねえで、薬膳雑煮を食ってたことになるな。あり得ねえ、こりゃあ、一体全体、どうなってるんだ？」

松次は頭を抱えた。

「あれ、ちょっと変じゃねえか」

五助はお南美の骸に近づいて、握りしめている左手を開かせた。

お南美の握っていたのは萎《しお》れた雪中花だった。

はっと気づいた季蔵は、

「五助、お内儀さんの部屋へ案内してもらって、茶簞笥の上の花瓶に雪中花が挿されているかどうか、見てきてはくれないか？」

「合点」

戻ってきた五助は、

「雪中花なんてどこにもなかったよ」

と告げた。

「それではお滝さん、お南美さんを介抱する時に使った盥をここへ持ってきてください」

「ええ、でも、もうあれはたぶん洗ってしまったのではないかと――」

「五助、どうなったか、下働きに訊いてきてくれ」

「あいよ」

しばらくして五助が手にして戻ってきたのは、中に蹲って動けなくなっている猫の入った盥だった。三毛猫はまだ生きている証にげえと呻《うめ》いて嘔吐《おうと》した。

「猫のやつ、雪中花の葉、食っちまって弱ったんだよ。俺さ、食うや食わずん時、ニラと間違って、花の咲いてない雪中花の葉っぱ、食っちまって難儀したことある。そう沢山食わなかったんで助かったけど、量が多いと人でも死ぬんだって、何でもよく知っている代書屋の勇吉さんから後で聞いた」

八

「たしかに雪中花には葉や根に毒がある。だが、どうして、お南美は自ら毒のある葉を食べたのだろう？　田舎育ちなら、雪中花の毒について知っているはずだろうに」

清順の言葉に、

「そもそも、薬膳雑煮と一緒にわざわざ雪中花の葉を食うなんておかしいよ」

五助は憮然とし、

「それはお内儀さんが召し上がった、鯛つみれ入りの薬膳雑煮に、毒が入っていたと見せかけるためだと思います」

季蔵はきっぱりと言い切って、

「さつきさん、折り入って、お訊ねしたいことがあります」

憔悴しきっているさつきの手を取って立たせると、

「これはとても大事なことです。どこか、他人《ひと》に聞かれない場所で――」

頼んで茶室へと入った。

「何でございましょう？」

さつきの身体が震えている。

「亡くなったお内儀さんについて知りたいのです。生まれは？」

「わたしは毒など入れていません」

さつきは歯を食いしばった。

「わかっています。その証を立てるためにも、どうか、わたしの問いに応えてください。ここのお内儀さんの出自です」

「鈴鹿屋と釣り合いのとれた家柄で、四谷の足袋問屋ふじ多屋《たや》の三女だと聞いております」

さつきの震えは肩から止まった。

「お南美さんは風呂焚きの爺やの孫だということですが、この爺やは鈴鹿屋の奉公人だったのですか？」

「爺やという男に会った者は一人もおりません。お養母さんがお南美さんを呼び寄せたいと言い出した時、古くからいる大番頭さえも、そんな爺やはいただろうかと、首をかしげていました。そんな爺やなど思い当たらないと言い返さなかったのは、言い出したら何があっても押し通す、お養母さんの気性を知ってのことだったと思います」

さつきの気が鎮まりはじめている。

「ならば、その男はもしかして、お内儀さんの実家《さと》にいた爺やかもしれませんね」

「それは考えられます。店の者の話でわかったんですが、お養母さんは実家へ出向くことが多かったようですから。幾つになっても、実家が大好きで帰ってきた時は、いつも晴れ晴れとした顔で機嫌がよかったそうです。実家で奉公していた爺やの孫というよりも、ここにいた爺やの孫で通した方が、お南美も他の奉公人たちと打ち解けやすいと思いついたのかも——。お南美をここへ呼ぶ前には、わたしにも、〝跡継ぎだからと言って、気を張りすぎては駄目よ〟と言い、とてもよくしてくれました。お養母さんは細かな気遣いにも長けていて、実は心根の優しい女《ひと》でした」

ここで初めて、さつきはお世津のために涙を流した。

「よくわかりました、ありがとうございました」

季蔵は茶室を出るさつきに、松次と五助を呼んでほしいと頼んだ。

五助を従えて入ってきた渋面の松次は、

「困るよ、困る。あんたたちが二人して引っ込んじまったんで、仁太郎の奴が〝おおかたあの二人は前からの知り合いで、好いて好かれた仲、お内儀とお南美を始末して、鈴鹿屋を好きなようにしようとしてるんだ〟って、まことしやかに奉公人たちに言ってるんだぜ。お滝はさつき贔屓だから、〝お嬢様に限ってそんなことはない〟って仁太郎に食ってかかってたが――。仁太郎は〝罪人二人を好きにさせといていいのか?〟って、俺にまでねじ込んできやがった」

ふうとため息をついた。

「申しわけありません。でも、もうこれで大丈夫です」

季蔵は五助の方を向いた。

「手控え帖《ちょう》は持っているか?」

「うん、でも、俺、たいていのことは空で覚えてられるから」

「読み書きの稽古《けいこ》にもなる、手控え帖を出して、今から俺の言うことを書き留め、話を聞いてこい。いいか、これにはさつきさんや俺の命がかかってるんだぞ」

「二人の命」

五助は真剣な面持ちでごくりと生唾《なまつば》を呑んだ。

「おまえの調べ次第ではさつきさんと俺は打ち首になる」

「そんなこと――」

「だから頼んでるんだ、お願いだからしっかり調べてきてくれ」

「わかった、わかったよぉ」

五助は季蔵の言葉を必死で手控え帖に書き留めた。

それは以下のようなものだった。

一　よつやのたび問屋ふじ多屋に行って、お世津の死はしらせず、お世津からの使いの者で、これは急用だと言い、親しくしているじいやまたはばあやの居所を聞く。
二　教えてもらった居所を訪ねて、じいやまたはばあやの話を聞いてくる。
いない時は、となり近所の人たちに聞くこと。


「たいした用には思えねえけど、季蔵さんがこれに命がかかってるっていうからには、きっと凄い調べなんだろうな。任しといてくれ、俺、しっかり聞いてくるよ」

五助はキッと目を光らせ、唇を真一文字に引き結んで茶室を出て行った。

「あいつで大丈夫なのかね」

一瞬、松次は落ち着かない様子になったが、

「でも、まあ、俺はここを動けないよ。お内儀を殺した毒が、薬膳雑煮にかかわるものじゃねえってえ証がない限り、さつきだけじゃなくあんたにも疑いはかかってんだから」

季蔵を見据えて腕組みをして、

「よし、ここへさつきも呼んで、俺と一緒にいてもらうとするか。まあ、念には念を入れて」

さつきを呼び戻し、茶室は見張り一人と嫌疑がかかっている二人の二人になった。

「あんたら、ほんとにやってないんだろうな」

松次の問いに、

「神かけて」

季蔵は笑みを浮かべ、

「ほんとうです」

釣られてさつきも微笑んだ。

それから半刻（約一時間）の時が流れた。

「福茶を――」

さつきが突然呟いた。

「ああ、でも、わたしの役目ではないし、お養母さんはもういないんでしたっけ」

切なそうに目を伏せる。

「そろそろ八ツ時（午後二時頃）です。お内儀さんは八ツ時に福茶を飲んでいたのですか？」

季蔵は訊いた。

「はい。福が沢山廻るようにと言って、八ツ時の他に、朝餉、昼餉、夕餉の前と後に必ず」

「あなたが淹れていたのですか？」

「ええ、大晦日までは。年が明けてからはお南美に淹れてほしいと言い出して、わたしの役目ではなくなりました。新たに養女にするつもりの可愛いお南美に淹れてもらいたくなったんでしょう」

「福茶は昆布や黒豆、梅干等の混ぜ合わせ具合がむずかしいものです。お南美さんにできるものでしょうか？」

「お南美はお滝から教わることになっていました。お滝は福茶淹れが上手でしたから。わたしのとはまた違ってよい味わいに淹れるんです」

「では薬膳雑煮の後もお内儀さんは福茶を？」

「たぶん。元日、二日とお滝が淹れて、お南美が運んでいました」

「そうなると、お南美さんは毒入りの福茶をお内儀さんに勧め、苦しみはじめたところで、活けてあった水仙の葉を囓りながら、毒の入っていない薬膳雑煮を食べたということも考えられます」

「そんな――恐ろしいことが――」

さつきは胸に手を当てて蹲りかけた。

「あり得ねえことじゃねえが、証がねえからには、どう仕様もねえ」

頷いたものの松次はまだ渋面である。

「お内儀さんの部屋に、お南美さんが食べた薬膳雑煮の椀はあったものの、福茶の湯呑みはありませんでした。どこにいったのでしょう？」

「さっと引き上げて、洗っちまったんじゃないのか？」

「お養母さんの湯呑みは、この家に代々受け継がれてきた九谷焼の骨董で、春秋の七草が描かれている絵柄のものです。先ほど見たところでは、厨には見当たりませんでしたけど」

さつきが口を挟んだ。

「いち早く駆け付けたのは仁太郎さんでした」

「座敷でよくある隠し場所ってのは――」

「松次親分‼」

「おうっ」

立ち上がった松次はお世津の部屋へと走り季蔵も後に続いた。

二人は足音を忍ばせて部屋の障子の前に立った。

「おっかさん、いい加減にしろよ」

仁太郎の声である。

「いいじゃないの。医者の清順ときたらさつきのことばっかし案じてて、ぶつぶつお経を唱えて仏間に籠もっちまったし、松次親分の一声でこの部屋は、誰も立ち入りできないようになったんだから。これ幸いだね。あのきついお内儀さんときたら、溜め込んでたのは金子《きんす》だけではなしに、そりゃあいい、髪飾りや櫛《くし》、金糸でできた帯なんかも持ってるんだって、他の奉公人から聞いてんのよ。これを見逃す手はないよ。あんたもしっかり、探しなさいよ、春秋七草の湯呑み。あれは目が飛び出るほど高いもんだっていうんだから――」

もう一人はお滝であった。

障子を開けると、中腰の仁太郎は湯呑みを隠した長火鉢に覆い被《かぶ》さり、お滝は簞笥の引き出しという引き出しを開け放し、金糸銀糸の縫い取りのあるお世津の晴れ着を、お仕着せの上に纏《まと》っていた。

「これで、もう言い逃れはできねえはずだ」

松次は大声を上げ、二人は御用となった。

ほどなく、五助が帰ってきて真相が明らかになった。

五助がふじ多屋を訪ねると、お世津が親しくしていたのは、子どもの頃からお世津の世話をしていた婆やだとわかった。

ふじ多屋から暇をとった婆やが住んでいるという本郷の小間物屋を訪ねると、長く病に臥していて、余命幾可《いくばく》もないという老婆が、切々と真相を語ったと言う。

老婆の口真似《くちまね》による五助の報告は以下のようなものだった。

「〝お世津お嬢様は若気の至りで、奥州は白石藩のお侍さんと恋をなさいました。お相手には国許《くにもと》に妻子がおいででした。身籠もってしまったお嬢様は女の子をお産みになりました。そして、その子は常陸《ひたち》にあるあたしの在所で甥の子として育てられました。でも、その子は十歳で流行病《はやりやまい》で亡くなってしまいました。でも、あたしは、そのことを長く言い出せず、あたかも生きているかのように、ふじ多屋にその子の成長ぶりを伝える文を書き続けました。お嬢様から届く月々の手当に頼るほど、洪水や日照り続きで在所が窮していたからです。お嬢様の母心に付け込んで騙し続けてしまい、ほんとうに申し訳ないことをしてきたと思っています〟だってさ。やったことは悪いけど、俺、悪い奴だとは思えなかったよ」

一方、お滝と名乗っていたお美弥《みや》は裕福な男から男へと渡り歩く暮らしを続けてきていた。

「美味いもの、綺麗な着物、お姫様や大店のお嬢さんがしていることを、どうして、あたしができないのか、しちゃいけないのかって生まれた時から思ってましたよ」

四十歳を過ぎて男たちに振り返られる年齢でなくなって初めてお美弥は、医家で下働きをしていた若い頃、産み落とした主との子仁太郎を思い出したのだと語った。

「産んでやったんだから、子どもは親の役に立つもんでしょうが。これからは男の代わりがこの子だって思いましたよ」

生みの母親に名乗られた仁太郎は、

「うれしくてうれしくて。いいのは顔だけで、出来が悪い、悪いって、とにかく、医家の両親《ふたおや》や兄弟にずっと見下されてきたからね。それに顔がいいだけで、鈴鹿屋の婿になって、賢い女房の尻に敷かれるのが嫌で嫌でならなかった。お南美の福茶にそっと毒を入れて、毒の包みをさつきの髷に隠した時など、早く見つかれ、これでやっと清々できると思ったね。出会えたおっかさんが水で、俺はやっと泳げる魚になれたんだ」

母親と一緒に死罪になることに後悔はないと言い切った。

しかし、お美弥は、

「冗談じゃないよ。本郷の小間物屋の文を足袋問屋のふじ多屋に届けてた、町飛脚からお内儀さんの秘密を聞いてきたのは仁太郎なんだよ、あたしじゃない。その町飛脚は仁太郎の博打友達でさ、盗み読みで脅し取った金で暮らしてんだ。悪いのはそいつと仁太郎だ。あたしは巻き込まれたんだ、せめて遠島にしておくれ」

命乞いをし続けた。

これを聞いた仁太郎は、

「おっかさんが岡場所《おかばしょ》に売られかけていた田舎の娘を買って、小間物屋の文にあった南美という名をつけた。その前の名は知らない。お内儀さんが血を分けた娘だと信じて、養女にまでしようとしたのには驚いたが、俺はそう都合が悪いとは思わなかった。さつきにさえお内儀殺しの罪を着せられれば、後はどうでもよかったんだ。さつきさえいなければ、入り婿の取り決めはできてるから、大威張りで鈴鹿屋の身代に乗れる。時折、可愛がってもやれる、可愛いお南美まで殺す気など毛頭なかった。なのに、おっかさんはお南美の口は封じておいた方がいい、態度が日に日に大きくなっていくのが気に入らないと言い出した。罪の半分はおっかさんにも負ってもらって、一緒に冥途へ引きずり込んでやるからな」

これ以上はないと思われる憤怒の面持ちであった。

「こんな悪辣《あくらつ》非道な親子の絆《きずな》は見たことも、聞いたこともないぞ」

聞き及んだ烏谷は激怒して、鏡開きの十一日を待たずに、即刻二人は小塚原《こづかっぱら》で打ち首に処せられた。

身の潔白を示すことができたさつきは、お世津とお南美の通夜、葬式を丁重に行い、

「たとえ偽りではあっても、病の床にあったお養母さんを、あれほど喜ばせてくれたお南美さんを無下にはできません」

菩提寺《ぼだいじ》の墓所にお南美の骸も一緒に葬った。

そんなさつきのそばには常に清順が付き添っているのだという話を、訪れた五平が洩らして、

「かっと花火のように燃え上がる恋もあれば、静かに埋もれ火のように燃え続ける愛もあるってことですよ」

と続けた。

第四話　恋しるこ

一

「暮れには無理なお願いを聞いていただき、ありがとうございました」

塩梅屋《あんばいや》に年始に訪れた菓子屋嘉月屋《かげつや》の主《あるじ》、嘉助《かすけ》は、

「珍しい鮭《さけ》料理を千田屋《せんだや》のお身内一同が絶賛され、孫娘さんの婚礼というお日出度《めでた》い報告と相俟《あいま》って、大いに面目が立ったと、女隠居の梅乃《うめの》さんがたいそう喜んでおいででした。もう食べられないものと諦《あきら》めていた鮭の白子料理で、寿命が延びたような気がするともおっしゃっていました。たしかに以前よりずっとお元気そうでした。千田屋さんからは、婚礼の引き出物の菓子の注文を受けております手前、実は内心はらはらしていましたが、梅乃さんに感謝されて、わたしもやっとほっといたしました。これはわたしからの心ばかりの御礼です」

小僧二人に担がせてきた、小豆《あずき》と白砂糖の入った大袋一袋ずつを土間に置いた。

「鏡開きの時の汁粉にでもお使いくだされればと思っております」

嘉助が帰って行くと、

「うわーっ」

三吉《さんきち》が歓喜の大声を上げてはしゃいだ。

「これでお汁粉、ぼた餅《もち》、お饅頭《まんじゅう》——小豆と砂糖の入った菓子が食い放題だ」

「有り難いけれど、小豆とお砂糖じゃあ、暮れの餅米みたいにはいかないし、うちはお菓子屋じゃないから、いったい何にどう使い回したらいいか？　ねえ、季蔵さん？」

「女の人は甘いものがお好きでしょう？」

季蔵はおき玖《く》に微笑《ほほえ》んで念を押した。

「ええ、もちろん。それから子どももね」

おき玖はちらりと三吉の方を見た。

「おいら、大人になっても菓子は好きだと思うよ」

三吉は気にしていない。

「そろそろ女正月ですね」

女正月とは暮れから新年にかけて、常に輪をかけて忙しい女房たちを労《ねぎら》う行事で、鏡開きを終えた後の十五日だった。主に上方で言われているのだが、おき玖は客から聞いたこの風習がたいそう気に入っていた。

「上方では女正月の日に限って、御亭主が煮炊きを替わるという家もあると聞いています。そこで、この日、塩梅屋《うちや》へおいでになってくださる全《すべ》てのお客さんたちに、家へのお土産として、小豆を使った菓子を配ってはどうかと思いつきました。本当は家でおかみさんを労わなければならないところを、塩梅屋《うちや》へおいでになるわけですから――」

「それなら、女正月を守らないで塩梅屋へ来てくれる男たちも、大手を振って家に帰れるわね。とてもいい考えだわ。ただし、お土産にするお菓子を何にするかが難問」

おき玖はふうとため息をついた。

「おいら、煉《ね》り切りなら得意だから、どんな形にだって作れるんだけど――」

煉り切りは白玉粉や餅米の粉で求肥《ぎゅうひ》を作り、餡《あん》と砂糖と一緒によく煉り、さまざまな色をつけて、四季の花や風物等を自在に形づくる上菓子である。

「でも、煉り切りに入れる餡はたいてい白餡だから――」

三吉はやや恨めしそうに小豆の入った大袋二袋を見た。

白餡は小豆ではなく白インゲン豆で作られる。

「これだけあれば羊羹《ようかん》ができる」

季蔵が呟《つぶや》くと、

「でも、羊羹はお菓子屋さんの秘伝でしょうが――」

おき玖は不安そうに首をかしげた。

「ああ、でも、おいら、羊羹を一切れでいいから食ってみてえっていつも思ってる。だって、棹《さお》で売ってる羊羹、高くて手が出ないんだもん」

「あたしもよ。ってことは、世のおかみさんたちにとっちゃ、羊羹って高嶺《たかね》の花だわ、きっと。一棹の羊羹のお土産、とってもいい気がしてきた」

「まさに〝塩梅屋羊羹、ここにありっ〟だね」

「いやいや」

季蔵は苦笑して、

「さっきお嬢さんの言った秘伝がモノをいうのは、寒天に餡を入れて煉り上げて、ねっとりとした舌触りや濃厚な味、風味を競い合う、高価な煉り羊羹のことでしょう？　あんな年季が要るものは、とても作れやしません。けれども、これだけの小豆と砂糖を目の前にすると、葛粉《くず》と小麦粉でつなぐ、蒸し羊羹なら出来そうなので作ってみたくなりました。これでもこの時季なので四、五日は日持ちがするはずです」

早速、蒸し羊羹作りに取りかかった。

まずはつぶ餡作りである。

大鍋に小豆を煮るよう指示された三吉は、

「おいら、この頃、食べたり作ったりするだけじゃなくて、大好きな菓子の名がどうしてついたのかなんてことも、気にかかるようになったんだよね。嘉月屋さんに聞いたんだけど、悋気を妬くっていうだろ。それで下に餅をつけて焼き餅になったんだって。餅って焦げやすいし、あつあつで、気をつけないと舌が火傷《やけど》する。わりに始末が悪いよ」

煉り切りの秘訣《ひけつ》を教えてもらって以来、三吉は嘉月屋の主、嘉助に可愛《かわい》がられていた。

「それじゃあ、羊羹にはいったいどんな話があるんだ？」

季蔵は笑顔を向けた。

「羊羹の羊って十二支のひつじのことだよね。おいら、ひつじは見たことないんだけど、海を越えたところじゃ、羊羹は羊の肉を使った羹《あつもの》、とろみのついた汁のことなんだってさ。そいつとは別に、やっぱり海の向こうの人たちは羊の胆《きも》を使った餅が大好物で、羊の胆が小豆の色に似てたんで、胆の替わりに小豆が使われてるうちに、とうとう羊羹になっちまったんだって」

「羊の肉やら胆の料理なんて、考えるだけでぞっとするわ。あたし、よかった、海の向こうに住んでなくて。でも、面白いわね、ももんじ料理がいつのまにか、お菓子になっちゃったたっていう話」

「それは間違いなく、羊の肉や胆の料理よりも、菓子の羊羹の方が美味《おい》しかったからだと思います」

季蔵は言い切った。

アクを取りつつ、よく煮上げた小豆は笊《ざる》に取って水を切り、よく冷ます。

鍋に戻した小豆に白砂糖を入れてよく混ぜ合わせながら火にかけ、水分を飛ばすとつぶ餡ができる。

吉野葛と小麦粉を混ぜ合わせ、充分につぶ餡と合わせる。これが羊羹種である。

用意した木枠にぬれ布巾《ぶきん》を敷いて、羊羹種を流し、布巾を被《かぶ》せ、さらに露取りのための厚紙を載せて、蒸籠《せいろ》で小半刻（約三十分）蒸す。

表面が少し泡立ってきたところがほどよい蒸し加減なので、多少、べたべたしていても冷めれば固まる。

一刻半（約三時間）ほど冷まして仕上げる。

「これは試作なので切り分けて食べましょう」

季蔵の言葉に、

「やったぁ」

三吉は歓声を上げ、

「とっておきの煎茶《せんちゃ》？　それとも抹茶で一服？　どっちかしら？」

おき玖は迷い続け、

「これは蒸し羊羹で、砂糖の多い煉りよりはあっさりとした味だと思います。抹茶では負けてしまうので、煎茶の方が合うのではないかと」

「たしかにね」

おき玖は煎茶を淹《い》れた。

こうして試食が行われ、

「きっと白砂糖も特上のせいね。深くて濃い味なのにくどくない。いくらでも食べられそう」

「おいら、蟻《あり》になりたくなった。蟻なら、食べても食べてもこの羊羹なくならないだろ？」

おき玖と三吉はせっせと菓子楊枝《ようじ》を動かした。

試作の一棹のほとんど半分が三吉のお腹《なか》に納まりかけたところで、

「邪魔をする」

戸口に声がして、長身痩軀《そうく》の田端宗太郎《たばたそうたろう》がすっと入ってきた。田端は定町廻《じょうまちまわ》りを務める北町奉行所の同心である。

「いらっしゃいませ」

おき玖はあわてて、湯呑《ゆの》みに冷や酒を注《つ》いで、床几《しょうぎ》に腰かけた田端の前に置いた。

酒豪である田端は肴《さかな》には手をつけず、ただただ酒だけを飲み続ける。わかっている季蔵は肴は滅多に用意しないのだが、

「気が向いたら召し上がってください」

今日に限っては、いい漬かり具合の辣韮《らっきょう》の甘酢漬けに、江戸一の抄《す》き海苔《のり》で拵《こしら》えた佃煮《つくだに》を添えた。

辣韮は田端の好物であることを知ったのは夏場のことで、思いつきで生の辣韮に赤穂《あこう》の塩を添えて出したところ、辣韮で酒がさらに進んだ。

「冬場はこんな趣向もありかと思いまして――」

田端は応《こた》える代わりに、無言で辣韮の甘酢漬けに海苔の佃煮を付けて、黙々と酒を飲み続けた。

ただし、いくら感情が滅多に表情に出ない性質《たち》の田端とはいえ雰囲気は暗い。

季蔵とおき玖の目が合った。

——季蔵さん、あたしたち、まだ田端の旦那《だんな》に新年の挨拶《あいさつ》してないわよ——

——そうですね。でも、まあ、いいのではないかと——

——たしかに今更、改まるのも何だから——いいことにしましょう——

ただし、どうして今日に限って田端一人なのかと季蔵は不審だった。いつもは必ずと言っていいほど、岡《おか》っ引《ぴ》きの松次《まつじ》と一緒だったからである。

二

しばらくして、

「邪魔するよ」

松次が油障子を開ける音がした。

「帰る」

すっと立ち上がった田端は松次と入れ違いに外へ消えた。

「新年ったって、寒いねえ」

苦虫を嚙《か》み潰《つぶ》したような顔の松次に、

「親分、明けましておめでとうございます」

あわてて新年の挨拶を口にしたおき玖は、

「さあ、これで温まってください」

甘酒の入った湯呑みを差し出した。

下戸の松次はいつも茶代わりに甘酒を飲み、この日も立て続けに三杯啜《すす》り飲んだところで、

「まだちっとも温まってこねえや」

ぶすりと呟《つぶや》いた。

「何かあったのですか？」

季蔵は田端が出て行った戸口の方を見た。

「石川島の人足寄場《にんそくよせば》を知ってるだろう？」

石川島の人足寄場は無宿者や罪人の更生を兼ねていて、労働が義務づけられた牢獄《ろうごく》に等しく、危なく五助《ごすけ》が送られかけた場所である。

「何日か前に冬だってえのに大雨が降ったろ？　そん時、人足寄場の近くの土の山が崩れて骸《むくろ》が出てきたのさ」

「新しい骸でしたか？」

「いや、骨だけの相当古いもんだった。一緒に寄場の地面の下から続いている抜け道が見つかった。こりゃ、たまげたよ」

「誰かが密《ひそ》かに掘ったということですね」

「誰かなんて回りくでえ言い方をしなさんな。寄場で働くのが苦で仕様がねえ奴らがやったことさ」

「骸はどんな様子でしたか？」

髑髏《どくろ》の後ろがぼこんと窪《へこ》んでた。殴られたか、押されて転んだ弾みに岩にでもぶつけたのだろうってことになってる」

「骸の正体は？」

「そこなんだよ。上はこれ以上の調べをやるなと言ってる。古いこととはいえ、お上の差配の人足寄場で、抜け道は出来てたわ、骸は出てきたわじゃ、ご威光に関《かか》わるってえんだろ。それに寄場与力の旦那方の面目も丸潰れだ。田端の旦那は調べを続けさせてくれるよう、上と掛け合うと言ってたが、さっきのあのお顔じゃ、おおかた、一笑に付されたんだろうと思う」

――ここまでの話の上の方となると、これはお奉行様の御判断に違いない――

「その骸、どうなるのかしら？」

おき玖が沈んだ声で口を挟んだ。

「無縁仏ってことになって、無縁塚に放《ほう》り込まれる」

「石川島の人足寄場にいるのは小伝馬町《こでんまちよう》送りになるような根っからの悪人じゃない。そんな一人一人にだって身寄りがいるはず。骸になった男の身寄りの人たちは、きっと、手厚く供養したいはずよ。何とか骸がどこの誰だったかを突き止めてあげられないものかしら？」

おき玖の言葉に、

「実は五助の奴も今のおき玖ちゃんと同じことを言ってるんだよ。あいつ、掠《さら》われたきり、離れ離れになってた浅草屋の次男坊だって、やっとわかっただろ。浅草屋の親兄弟がずうっと自分のことを想《おも》ってくれてたってぇのが、えらく心に染みてるのさ。それで、たとえ骸になっちまってても、身内は手を合わせてえだろう、自分たちの墓に入れてえだろうって、言い通してきかねえんだ。こっちは、調べは打ち切りってことになっちまってるから動きようがねえ。何とかならねえもんかね」

松次は五助が信頼を寄せている季蔵をじっと見た。

「五助に会って話を訊《き》きます」

季蔵は松次に頷《うなず》いて見せた。

「ああ、よかった」

松次は胸を撫《な》で下ろすと、急に鼻を蠢《うごめ》かせはじめて、

「いい匂《にお》いが残ってるぜ。これは小豆をうんと沢山煮たり、蒸したりした匂いだ。まさか、蒸し羊羹じゃあねえだろうな？」

舌なめずりしていると、

「まさかの蒸し羊羹です」

季蔵は残った蒸し羊羹の厚切りを二切れ、皿に載せて菓子楊枝を添えた。

菓子楊枝を遣ってぱくりと一囓《かじ》りして、きらきらと目を細める松次に、

「十五日にお見えいただければ、女正月のお土産としてお持ち帰りいただけます」

季蔵は告げた。

翌日から十五日までの三日間、塩梅屋では夜鍋《よなべ》して蒸し羊羹を作り続けた。どんなものでも貸し出す損料屋で、特大の蒸籠と羊羹船と言われている細長い型を借りたので、手はずは万端に調い、三十棹ちょうどの蒸し羊羹が出来上がった。

おき玖が竹皮に包んで器用に竹紐《たけひも》をかけた。

「お土産にお渡しする時は蒸し羊羹なんて言わずに、やっぱり、塩梅屋羊羹って言っちゃいけないかしら？　それとも季蔵羊羹とか――」

はしゃぐおき玖に、

「季蔵羊羹でなければ何でも結構です」

季蔵は苦笑した。

松次だけではなく、三吉も言いふらさずにはいられなかったのだろう。

当日は昼から馴染《なじ》み客が訪れた。

「悪いが二棹もらっていくぞ。うちにはお涼《りょう》と瑠璃《るり》、わしとここの主の妻のような女が一人ずついるゆえな」

烏谷は忙しさを縫って誰よりも早く駆けつけ、

「身重のおちずが甘いものを欲しがってね。医者はほどほどにした方がいいというんだが、季蔵さんの想いが籠《こ》もってる羊羹なら、かえって身体《からだ》や心にいいんじゃないかと思って」

次は、寄り合いに行く途中に立ち寄った五平で、

「おしんが買わせてもらってこいって。あいつ、季蔵さんの作るものなら、どんなもんで

も、たとえ羊羹でも美味しいはずだから、できれば作り方の秘訣を教えてもらって、漬物茶屋での珍品にするんだなんて、勝手を抜かしたけど、これぱっかしは断った。俺も尻に敷かれっぱなしじゃ形無しだからな」

惚気《のろけ》の混じった憤懣《ふんまん》をぶちまける豪助《ごうすけ》に、

「秘訣は小豆と白砂糖だと教えてやってくれ。柳橋《やなぎばし》の嘉月屋さんからいただいた小豆と白砂糖で作ったから、褒めてもらえる味になったんだと――。それから、これは土産にと決めているのでお代はいらないと――」

季蔵は微笑んだ。

夜には履物屋の隠居の喜平《きへい》と大工の辰吉《たつきち》が暖簾《のれん》を潜《くぐ》った。

「ここはわしが仕切るぞ」

こほんと一つ咳《せき》をした喜平は、

「わたしらは先代長次郎《ちょうじろう》さんからの贔屓《ひいき》客だ」

季蔵にやや強い視線を向けた。

「大事なお客様でございます」

「ならば、多少の我《わ》が儘《まま》は言わせてもらいたい。土産の羊羹は、わしと辰吉さんの分だけではなく、三棹にしてほしい」

「頑張って指物師《さしものし》の修業に励んで、一家を支えてる勝二《かつじ》さんの分ですね」

おき玖が笑いかけて、

「皆さんへのお土産はこのようにもう、出来てます。一棹ではなく、二棹ずつ。皆さんにけちけちしてたら、死んだおとっつぁんに化けて出られちまいますからね」

「これはありがたい」

喜平は目をしばたたかせ、

「大盤振る舞いのついでにここでも食わせてもらえないかな？　二棹もらったって、おちえと子どもたちであっという間だ。美味そうに食べてる姿を見てるのは、それはそれでうれしいが、俺だって、口に入れてじっくり味わってみてえんだ」

辰吉は本音を口にした。

「沢山作りましたのでお安いご用です」

季蔵は蒸し羊羹を切り分けて大皿に盛った。

「好きなだけ召し上がってください」

「美味いことは美味いんだろうが──」

喜平は早速、菓子楊枝を大皿に向けて、

「今日は、酒はなしと決めた。酒と羊羹は合わない」

「わかりました」

こうして、この日は塩梅屋羊羹三昧《ざんまい》となった。

「美味いねえ。子どもの頃は甘いもんなら何でも美味かったが、酒の味を覚えた今となっても、美味いんだから、これはそんじょそこらの羊羹じゃぁあないよ」

喜平はうっとりとした目になって褒め千切り、

「上品な甘みが叶《かな》わなかった初恋を思い出させる。おちえはなくてはならない女房だけど、この羊羹の味みたいな、天女としか思えねえような小町娘に、胸をときめかしたことを思い出したよ」

珍しく辰吉は女房以外の女の話をした。

「石川島の人足寄場から草地まで抜け道が掘られていて、そこから骸が見つかったという話を御存じですか？」

この手の話は嗅《か》ぎつけた瓦版屋《かわらばん》が、すでに、江戸八百八町に触れ歩いているはずであった。

「あそこならありそうな話だ」

喜平は大きくうんと頷いて、

「あそこは、この世ならぬお江戸の地獄で、佐渡の金山といい勝負だなんて陰口を叩《たた》かれてる。集めた連中への扱いがずいぶん酷《ひど》いんだ」

声に翳《かげ》りを帯びさせ、

「辰吉さん、たしかあんたの幼馴染みも、あそこに送られたきり十五年前に行方知れずになったんじゃなかったかね？」

「そうなんだ」

辰吉の口調も沈んだ。

「せ組の火消しの英次《えいじ》って奴だ。小せい頃から、身体がよくて、走るのも飛ぶのも何でも一番、きりっとしたほれぼれするような男前。気概のある奴で、弱いものをいじめることは絶対に許さなかった。岡っ引きか、火消しになるんだって言ってて、是非にって、火消しのお頭《かしら》に頼み込まれて江戸の華になったんだよ」

三

「人足寄場から逃げおおせた奴がいたって話は耳にしたことはないね」

喜平はぽつりと呟き、辰吉は、

「十五年前、あそこは巳年《みどし》のくせして龍の刺青《いれずみ》を入れてる、蛇の龍太郎《りゅうたろう》ってえ通り名の岡っ引き崩れが寄場頭だったが、そりゃあそりゃあ、人足に酷かったと聞いてる。英次は何度も逃げようとして、そのたびに捕まって、とうとう寄場への留め置きが、三十年、五十年なんてことになってたんだそうだ。お役人も見て見ぬふり。寄場頭が勝手をする人足の罰を決められたんだよ。五十年なんて留め置きになりゃあ、一生死ぬまで只働きってことになる。佐渡の金山と同じだろうがよ」

どうにもたまらないという表情になった。

「寄場送りのお務めは、反省を促すためのものでしょうから、そう長いものではないはずです。身体がよくて、人望を集めることができたその英次さんは、どうして、逃げようとなどしたのでしょうか？　そもそもなぜ、火事から人々を守ることを身上としている火消しが、寄場送りになるようなことをしでかしたのか？――」

季蔵が頭をかしげると、

「寄場送りの咎《とが》は履物屋での盗みだそうだ」

辰吉は応《こた》え、

「わしのところなら見逃してやったんだがな」

喜平は真顔で言った。

「今はもう店仕舞いしちまったが、何でも、大奥お出入りを許されていて、女の履物だけを商っていた老舗で、一見《いちげん》の客には売らないとつっぱねられた英次は、盗むしかなかったんだとか――。本当はこのくらいじゃすまない重い咎なんだが、火事場での英次の働きはてえしたもんだったんで、せ組の頭の尽力で、寄場送りに落ち着いたというのがもっぱらの噂《うわさ》だった。これ以上くわしいことは俺にはわからねえ」

辰吉は俯《うつむ》いてしまった。

勝二の家へ寄って渡す分も含め、二棹ずつの羊羹の包みを、二人が手にして、

「悪いな」

「今日は大いばりで嫁の顔が見られるよ」

店を出て行った後、三吉が暖簾をしまいかけていると、

「入れてくれ」

五助の声がした。

「もう、今日は仕舞いだよ」

三吉はすげない。

「俺はいいんだ」

五助は強引で、

「仕舞いは仕舞いなんだよ」

三吉も負けていない。

「季蔵さんはそうは言わねえはずだぞ」

季蔵の名前が出たとたん、三吉がたじろぎ、

「まあ、入れ」

季蔵は三吉の後ろに立った。

「いいんですか？」

三吉は少々むくれたが、

「いいんだ」

季蔵は五助の方を見て、

「腹は空いてないか？」

「図星」

五助はにやっと笑った。

「あり合わせだが――」

季蔵は残りの飯に抄き海苔の佃煮を混ぜ合わせて丼に盛りつけ、半熟に茹《ゆ》でた卵を二つ載せて、床几に腰かけている五助の前に置いた。

「海苔は好物だから佃煮に煮ても好きだろ？」

「ついでに卵も大好きだよ」

箸を手にしたとたん、五助は猛烈な勢いで海苔佃煮と半熟卵の混ぜ飯を平らげてしまった。

「お茶――」

五助は後片付けをしている三吉に言いかけて、

「いいや、水でいい」

と言うと、
季蔵が水の入った湯呑みを差し出した。

「松次親分に話は聞いてる」

季蔵は切り出した。

「骸の身元を突き止めて、身内の墓に入れてやりてえっていうのも本心だけどそれだけじゃねえ」

「他に何がある？」

「上の人たちがこれ以上、調べちゃなんねえって言ってるってえのは、よほどのことがあるかもしんねえからだろ。そいつをほじくってみてえんだ。何が出てくるか、面白いじゃねえか？」

五助は頭は鋭利に働いている。

「禁じられている調べには手を出さない方が身のためだ。骸の素性調べまでなら、まあいいだろうと思ったが――」

季蔵は表情を固くして、

「おまえには早く、一緒に住んで、商いを覚えてほしいと願ってくれている、浅草屋の家族がいるだろうが――。おまえの身に何かあったら、どれだけ嘆き悲しむことか――」

叱りつける口調になった。

「だろうとは思うけど」

五助は目を伏せて、

「実はさ、どうしてもって、松次親分のところへ押しかけてきた両親に拝み倒されて、元日に浅草屋に行ったんだ。奉公人が大勢いる凄《すご》い大店《おおだな》だった。みんなぴりぴりして、俺に気ぃ遣ってくれてるのはわかった。でも、俺、なーんか、居心地悪かったんだ。俺なんてまるで木偶《でく》の坊でさ、商いを覚えて奉公人たちの上に立てるかどうかだって――」

ぼそぼそと続けた。

「だから、やけくそで、とりあえず、この調べにつっ走るっていうのか？　お情けでおまえを下っ引きにしてくれてる、松次親分が難儀してもいいのか？　そんなんじゃ、喧嘩っ早かった時のごろつき同然のおまえと変わらないぞ」

季蔵は知らずと大声を上げていた。

「わかってるよ」

五助は顔を上げて、

「骸の身元がわかったら調べは止《や》める、約束する。実は俺、親兄弟に腫《は》れ物にでも触るように優しくされるのが悲しかったんだ。降って湧《わ》いた俺みたいなもんに、奉公人たちが、〝智吉《ともきち》坊ちゃま、智吉坊ちゃま〟って、かしずいてちやほやしてくれるのがいたたまれなかったんだ。大番頭さんなんて、〝ご苦労なすって、お労《いたわ》しい〟って涙流すしさ。俺はさ、赤ん坊の頃、掠われたのは不運だったと思うけど、人足寄場に送られてもおかしくないことしてきたわけなんだから、これからは甘えるんじゃないって、どーんと誰かに叱りつけてほしかったんだよ」

泣き顔で微笑んだ。

――掠われたばかりに苦労してきた我が子や兄弟が不憫《ふびん》で、浅草屋では五助に甘えてもらいたくてならないのだろう。だが、それでは自分のためにならないと賢い五助はわかっている。五助が浅草屋に溶け込むには時が必要だ――

「とりあえずは骸が誰だか突き止めよう」

「えっ？　手伝ってくれるの？」

「実はさっき、骸の心当たりを聞いたところなんだ」

季蔵は十五年前に人足寄場から姿を消した、火消しの英次について話をした。

「十五年前っていえば、俺が掠われた年だよね。俺は生きてて、その人は骸になっちまってる。これ、因縁だよ。ますます、本当に骸が英次って人なのかどうか確かめたい。そして、その骸を身内に返してやりたい」

「そうだな」

季蔵は大きく頷き、

「今日はもう遅い。明日の朝、明け六ツ（午前六時頃）に番屋で落ち合おう。今日のところは、これを土産に持って親分のところへ帰れ」

甘党の松次にも羊羹二棹を包んで五助に託した。

「羊羹、食べてくかい？」

三吉が声を掛けた。

先ほどから二人の話を聞いていた三吉の顔は、もう膨れてはいなかった。

「いいね、もらうよ」

五助が笑いかける。

五助は厚切りの羊羹二切れに、菓子楊枝を遣いながら、

「馳走になっといてこんなことというのは何だけど、俺は汁粉の方が好きなんだ。だって、よく煮えてる小豆の粒も汁も、餅までも温けえんだもん。身体がほかほかしてきて、そりゃあ、幸せな気分になれるんだ。ほんというとさ、羊羹なんてえ、取り澄ましてて高いもん、食ったことなくて、粒汁粉の方にしか親しみがねえせいかも。考えてみれば、粒汁粉

は中身の小豆が汁で水増されてて、餅で腹が膨れるようにしてあるんだが。でも、やっぱし、そっちの方がいいんだ」

三吉に話しかけた。

「おいらもそうだよ。羊羹はさ、縁のない高いものが棚にずらりと並んでる大店か、入っちゃいけないお大尽の庭みたいなもんだよ」

三吉もうれしそうに話に乗り、

「まだまだ小豆は沢山あるから、近々、うちでも汁粉を煮よう」

季蔵が締め括《くく》ると、

「やったあ」

「よっ、塩梅屋汁粉」

二人は同時に歓声を上げた。

五助が帰って行くと、

「最初はなんて馴《な》れ馴《な》れしい、図々しい奴だと思ったけど、話を聞いてるうちに、おいら、貧乏長屋に住んでても、おっとうやおっかあとずっと一緒にいられただけ幸せ者だと思ったよ。生まれついた家の正月だってねぇのに、ちっとも馴染めず、楽しめなかったあいつが可哀想《かわいそう》でならなくなった。きっと、浅草屋じゃ、食べろ、食べろって、菓子だけじゃなくいろんなものをたんまり五助に勧めたろうと思う。羊羹だっていろんな店のを並べて――。でも、美味いふりして食ってたあいつには、どれも、ちっとも美味かなかったんじゃねえかな。それも哀《かな》しいよね」

三吉はしみじみと洩《も》らして、

「だから、骸とやらの素性探しでも何でも、あいつの支えになれることがあったら、何でもしてやってね、季蔵さん。おいら、明日は、後で季蔵さんが恥を掻いたりしないよう、しっかり仕込みをしとくから」

常になく引き締まった顔つきになった。

四

翌早朝、季蔵が番屋に着いた時にはすでに五助の姿があった。

「松次親分は来ないよ。明日まで風邪で寝込んでるってことにしてくれるって。二日だけ、ここにある何処《どこ》の誰だか分かんねえ骸を、無縁塚に葬るのを待ってもらえるようにしたからって、季蔵さんに伝えてほしいってさ。あ、それから、羊羹のお礼言ってた。よろしくって」

「これが火消しの英次さんに間違いないという証《あかし》を、今日明日で摑《つか》まなければならないとなると、まずは骸を検めないと――」

季蔵は五助と一緒に手を合わせると、土間の隅に置かれている骸から筵《むしろ》を取り除《の》けた。

十五年という歳月、土に埋もれていたせいで黄ばんでいたが、全体に大きくがっしりした男の骨だった。

「さすが手柄を沢山立てたっていう火消しの骨だね」

五助は気味悪がる様子もなく感心して、

「あ、俺、行き倒れで膨れたり、骨だけになってる骸、わりとよく見てきたんだ」

やや苦く笑うと目尻に皺《しわ》が寄った。

特にこれという傷はないが、頭蓋骨《ずがいこつ》の後頭部が割れてぼこっと窪んでいる。

「これが致命傷か。いい身体してても、こんなことであっさり死んじまうもんなのか――。いけねえよな、手を出すのも、出されるのも――」

自分に言い聞かせるように言った。

「御免よ」

番屋の腰高障子が開いた。

「辰吉さん」

手拭《てぬぐ》いを首に巻いた辰吉が入ってきた。

松次の姿を探したが見当たらないので、

「それで、この仏さん、火消しの英次だってはっきりしたのかよ？」

一応下っ引きらしく、裾《すそ》をからげている五助に訊いた。

「英次さんじゃないかと教えてくれたのは、この辰吉さんなんだ」

季蔵は五助に話す時、辰吉の名を出していなかった。

「それが、まだなんでさ」

「骸、見せてもらっていいかい？」

辰吉は少々青ざめた顔で骸の前に屈《かが》むと、神妙に手を合わせた。

「骨組みからいやあ、十中八九、あの英次だわな。英次だとわかったら、お奈津《なつ》さんに報《しら》せてやってくれねえか。無縁塚にだけは投げ込ませたくないと思うはずだ」

「お奈津さんとは？」

五助はすかさず訊いた。

「十五年前の天女小町だよ。小さな汁粉屋の看板娘で、天女の顔を拝みたい男たちでいつも行列が出来てた」

「この間話されていた、恋女房のおちえさん以外の女《ひと》ですね」

季蔵が口を挟むと、

「そうさ。ただし、汁粉屋お奈津は天女みたいな、この世の者とは思えねえほどの別嬪《べっぴん》で、優しげな様子をしてる癖に、滅法気の強い女だった。名の売れた絵師が美人画に描いてやるという話を、すげなく断るなんてのは当たり前、お大尽の息子が嫁にと執心して、汁粉屋が十軒開けるほどの金を積んでも、なびかなかった。好いて好かれる、これぞという男気のある奴を待ってたんだろうな。俺はお奈津に好かれるなんて思えるほど自惚《うぬぼ》れちゃいなかった。ただ、こんなお奈津に好かれる男はさぞかし幸せ者だとは思ってた」

「それが英次さんだったのですね」

季蔵は念を押した。

「風の便りにはそう聞いてた。二人が仲良く寄り添って歩いている姿を見たこともあった」

「そのお奈津さんは今も汁粉屋を？」

「英次が寄場送りになって、だいぶしてから汁粉屋を仕舞って、今は品川で小さな船宿を切り盛りしていると聞いてる」

「独り身ですか？」

「そこんとこはわかんねえよ。品川といやあ、ここいらからは結構遠い。一度足を向けてみたいとは思ってるんだが、船遊びは金がかかるし、なかなかな——」

「お奈津って女に報せてくるよ」

五助が立ち上がった。

「俺も行こう」

季蔵も行くことにして、番屋の留守を番太郎に頼むと、二人は仕事先へと向かう辰吉と途中まで一緒に歩いた。

品川で、見つけることの出来た船宿は、〝せせらぎ〟という名が似合う静かな場所にあった。

「よくおいでくださいました」

客と勘違いしたお奈津が座敷に案内してくれて丁重に腰を折った。

三十路《みそじ》をとうに過ぎた大年増ではあるが、身のこなしが優雅でありながらきびきびしていて、若い娘の持ち合わせていない独特の色香が漂っている。

——今でさえこうも美しいのだから、娘盛りの頃はたしかに天女に見えたかもしれない
——

「客ではありません」

季蔵は英次らしい骸が人足寄場の近くから出てきた話をした。

「英次さん」

一瞬、茶を淹れていたお奈津の手が止まった。

「英次さん」

小声が震えた。

「どなたかおいでで？」

季蔵はお奈津が夫の手前を憚《はばか》っているのではないかと気にかかった。

——船宿を女がたった一人で切り盛りするのは無理だ——

「亭主は今、漁に出ています。ずっと一緒にここを営んできました」

——すでに連れ合いがいたのか——

「骸を見ていただけませんか？」

季蔵は思いきって切り出した。

「ええ、でも——」

「御亭主の手前もありますか？」

「ずっと昔のことですから、夫婦《めおと》になる前に英次さんのことは話しました。亭主の修助《しゅうすけ》は若気の至りは誰にでもあることだって、笑って聞いてくれて、それであたしたち夫婦になったんです。今でも時々、英次さんの話をします。仕事熱心な漁師の亭主が、あたしのことをあまりかまってくれない時なんか、英次さんのことを引き合いに出して拗《す》ねてみせたりします」

「英次さんの話とはどんな話です？」

「英次さんはあたしのせいで人足寄場送りになったんです」

「一見の客を断る履物屋の品をねだったのはあなただった――」

季蔵は驚いて目を瞠《みは》った。

「あんた、酷え女だな」

五助はお奈津を一睨《にら》みした。

「極上の桐でできてた下駄で、鼻緒の紅《あか》さが火事場で燃え上がる炎のようだから、どうしても欲しい、夢にまで見るってあたしが言ったら、あの男《ひと》、あんなことまで――」

うつむいたお奈津の肩が震えた。

「英次さんの夢にも、その下駄を履いて颯爽《さっそう》と歩くあなたの姿が見えてしまったのでしょう」

季蔵は何日か前に、五平が洩らしていた〝花火のように燃え上がる恋もある〟という言葉を思い出していた。

――ここまでの恋は人を狂わせることもある――

一瞬ではあったが、季蔵はこの二人の恋のありようが羨《うらや》ましくなった。

――わたしの心だって瑠璃に対しては炎のようであったはずだ。あの時、その心のままに、後先を考えず、瑠璃と手と手を取り合って主家を出ていれば、今のような後悔はなかったかもしれない。たとえ、今二人して冥途にいるとしても――

お奈津は片袖で涙を拭《ふ》いて、話を続けた。

「今の亭主はね、英次さんとのこと、何遍でも聞いてくれて、あたしにこう言うんです。〝俺はゆっくりとあの時の英次さんとやらになるから辛抱しておくれ〟って」

お奈津の口元に微笑みが戻った。

「それ、惚気じゃねえか」

五助は憤慨した。

「いけませんか？」

お奈津はさらりと言ってのけて、

「十五年ですよ、人は十五年も経《た》てば日々の暮らしが積み重なって、その重みの方が一時の想いよりも大事になるんです。違いますか？」

淡々とした口調で続けた。

「十五年――」

自分にも思い当たるところのある五助は言葉を失った。

「他に英次さんについて覚えていることはありませんか？」

「特には」

潮時だと感じた季蔵は、

「骸はどうされます？」

応えがわかっていて訊いた。

「勝手だとお思いでしょうが、こんなにも熱く男に想われたと、あの男がくれた夢をずっと胸に抱いていたいんです。亭主はこうも言ってくれました。〝あの時の英次さんは惚れた女への本懐を遂げようとした。たとえ今、あの世にいるのだとしても後悔はしていないだろうよ〟って。あたし、英次さんの魂は、きっと、朽ちて骨になった自分の骸なんて、あたしに見てほしくないと思うんです」

お奈津がきっぱりと言い切るのを聞いて、

「お邪魔いたしました」

季蔵は五助を促して座敷から立ち上がった。

五

帰り道、

「いいのかね、あの女、ほんとに英次さんの骸が無縁塚入りで――」

五助はぽつりと呟いたきり、塩梅屋に着くまで無言だった。

戸口を開けると小豆の煮える甘い匂いが漂ってきている。

ちょうど八ツ時で小腹が空いていた。

二人を出迎えたおき玖が、

「今ね、三吉ちゃんと一緒にお汁粉を拵えてたところなのよ」

うきうきした様子で告げた。

「ええっ？　季蔵さんがいなくても汁粉ってできるの？」

五助が目を丸くした。

「馬鹿にするなよ」

言葉とは裏腹に三吉の顔は笑っていて、

「子どもの頃から、この時季は、汁粉が食いたい一心でおっかあの手伝いをしたもんさ。汁粉は熱いから盗み食いができなくて、それでもおっかあの目を盗んでそーっと、小皿に掬って入れて、後ろを向いて食べるんだけどあっちちちって、舌が火傷しちまってどやしつけられたもんだよ」

思い出話を語り、

「お汁粉って、甘ーい、お味噌汁《みそしる》みたいなもんなのよ。煮炊きをしつけられてる女なら誰でもできるわ。小豆を焦がさないように煮詰めて作る、つぶ餡なんかよりずっと気楽に作れるのよ」

おき玖はしたり顔で言った。

「作るのが簡単なら俺にも教えてくれ」

　五助は真剣な面持ちである。

「それじゃ、三吉ちゃんから話してあげて」

「まず小豆をよく洗って、たっぷりの水と一緒に鍋に入れ強火で煮立たせる」

「へえ、水に漬けとかなくていいのかい？　俺、五目豆は一晩水に漬けるんだって聞いたよ」

「あれは大豆だからな。豆はたいてい水に漬けてから料理するものが多いんだけど、小豆はそのまま煮ていいんだ」

「なるほど簡単だな」

「いや、そうでもないぞ。肝心なのがここでのアク取りだ。美味い汁粉と不味《まず》い汁粉の違いはここにある」

　三吉は自慢げに鼻を上向かせた。

「アクねえ――」

　五助はぴんとこない様子で首をかしげた。

「煮てると次から次へと浮いてくる、大きな白い泡みたいなもんだ。これを丹念に掬い取っていかないと、いくら後で砂糖を足しても、ふんわりした甘みが消えちまってて、小豆の皮のエグい味になる。餡や羊羹じゃ、汁を飲まないから、そうは目立たないかもしんねえけど汁粉となったら一発だ。たとえていうなら、南瓜《かぼちゃ》と醤油《しょうゆ》でも合わせて、いとこ煮に

「でもした方がいい味になっちまうんだ」

いとこ煮は甘みのある南瓜と小豆を醤油と砂糖で煮合わせた、素朴な味加減の菜である。

「わかったよ、それでどのくらいの間、アク取りをするんだい？」

「ゆっくり五、六百数える間だ」

「それで砂糖を入れて、もう出来ちまうんだな」

「まさか、そうは問屋が卸さないわよ」

おき玖は苦笑して、

「さて、ここからはあたしの出番ね。まだ小豆は半煮えで、さっきまで煮てたのはアク取りのため。一旦《いったん》笊に上げて、新しいたっぷりの水で柔らかくなるまで煮ていくの。はじめは強火で煮たってきたら中火で、半刻（約一時間）はかかる。途中、気をつけなければならないのは、常に小豆に水が被っているように、目を離さずに差し水をすること。そうしないと小豆が焦げちまうから。煮ている小豆が指で潰せるようになったら、出来上がり」

「ああ、やっと終わった」

五助はため息をついた。

「でもないのよ。そこへ砂糖を五、六回に分けて入れ、木じゃくしでよく混ぜ、少々の塩を加えて弱火でとろとろと煮て仕上げるの。砂糖を分けて入れるのは、小豆にまんべんなく甘みを染みこませるため。小豆と汁の塩梅《あんばい》はお好みね。汁が多いのが好きだっていう人も、煮えた小豆がごろごろしてるのがいいっていう人もいて、さまざまだから」

「焼いた餅を入れるんなら、汁気の多い方がいいんじゃねえかな？」

　五助の言い分に、

「あたしはそうだけど、やっぱり、これも人さまざまで、お餡にたっぷり小豆をまぶしつけて食べるのがいいって人もいるのよ」

　そこでおき玖は話を終わらせた。

　すでに三吉は餅を焼き始めている。

　汁粉の入った椀《わん》を配る時、

「汁が多すぎも、少なすぎもしないのがおいら流だよ。汁ばかりなのはさびしすぎるし、小豆が多すぎると、餅に粒餡かけたのとあんまり変わらないから」

　三吉は自信に溢《あふ》れた顔で言った。

　五助は美味い、美味いと言い続け、

「五椀は食わねえと五助の名がすたる」

　五椀もの汁粉を平らげると、

「甘党の松次親分のことだから、昨日の羊羹二棹が、今はもう、影も形もなくなってるよ、きっと。だから親分、ここの汁粉のことを知ったら悔しがるだろうな。じゃあ、季蔵さん、また明日の朝、よろしくお願いします」

　満ち足りた顔で帰って行った。

「どうだった？　骸が誰だかわかった？」

あの時、三吉と一緒に居合わせていて、ことの次第を知っているおき玖が問いかけてきた。

「それが――」

季蔵は英次と恋仲だったという船宿の女将《おかみ》お奈津の話をした。

「おいら、その女、酷いと思う。英次って人のことは知らないけど、供養さえしてくれればいいんだよ。そうすりゃ、生き死にを分けた十五年ってことに引っかかってて、何とかしてやりたいっていう、五助さんの気が済むんだ。恋仲だったって認めるんなら、そのくらいのことしてくれたっていいと思うな」

五助に入れ込んでいる三吉は矛先をお奈津に向けた。

「お嬢さんはどう思われますか？」

季蔵は同じ女として、お奈津の心の裡《うち》をおき玖がどう感じたか聞きたかった。

「あたしはその昔、天女に例えられたっていう、お奈津さんほど熱く、相手に想われたこともないから、正直、気持ちはよくわからないんだけど――」

おき玖はふふふと笑って、

「修助さんという今の御亭主の気持ちならちょっとわかるのよ。修助さん、ほんとはお奈津さんに昔のことは忘れてほしいはずよ。でも、今でも時々、蒸し返すお奈津さんにつきあってるのは、英次さんとの危ない恋物語も含めて、お奈津さんがたいそう好きだからなんだと思う。ただ、ここでちょっと腑《ふ》に落ちないのは、そんな修助さんなら、お奈津さんと一緒に骸の供養をしたいと思うんじゃないかと——。骸になっても英次さんは英次さんなんだもの。供養した後、墓標の後ろにでも、二人して、若き日の颯爽とした英次さんの火消し姿を見ようって、お奈津さんを説き伏せるような気がするのよ。だから――」

「漁から帰った修助さんが話を聞いて、明日にでも番屋に骸を引き取りに来ると？」

「あたしにはそう思えてならないのよ」

なるほどとこの時季蔵は得心したが、翌早朝、番屋で二人を待っていたのは太助《たすけ》という名の棒手振《ぼてふ》りだった。

三十半ばの太助は小柄だが筋骨は逞《たくま》しい。

「英次さんの骸が見つかったってえ、もっぱらの評判なんで、どうしても兄貴に手え合わせたくてさ」

太助は目を瞬かせながら、筵が取り除けられた骸の前で掌をしっかりと合わせた。

「やっぱり間違いなく兄貴だよ」

太助の目は骨が纏っている柿色《かきいろ》の襤褸《ぼろ》に注がれている。

「俺、人足寄場で一緒だったんだ。兄貴ときたら、これが似合う、いつでもどこでもこれを着てろって、頭に言われてて、一枚しかねえもんだから、着たきり雀《すずめ》で、洗濯して乾く間は褌《ふんどし》一つだった。冬でもだよ」

「英次さんとは親しかったのですか？」

「兄貴はさ、そもそも婆婆《しゃば》じゃ花形の火消しだったろ。それが面白くなくて、あれこれちょっかいを出してくる奴もいたが、兄貴は言う通りになって、飯の半分を差し出したりもしなかった。弱いものをいじめることは絶対許さなかったしね。兄貴がいてくれなかったら、俺なんぞ、命はなかったかもしんねえ。今でこそ、そこそこの腕っぷしになったが、くすねた金で遊んでた頃は、俺、ひょろひょろの青びょうたんだったから——」

「他に英次さんと親しかった男は？」

季蔵の問いかけに太助は応えなかった。

太助はじっと英次の骸の左手を見つめている。

「折れた手の指って痕《あと》が残らないもんだろうかね」

太助は逆に問いを投げかけてきた。

「皮膚に付いた浅い切り傷の痕は残らないようです。けれども、骨ともなると、折れた後、治って動くようになっても、痕は残るのではないかと思います」

季蔵は屈み込んで、太助の見つめていた骸の左手の骨をまじまじと見た。念のため右手も確かめた。

「両手の骨は綺麗です。どこにも折れた様子はありません」

「そうだったのか——」

深いため息をついた太助は、季蔵と五助から目を逸《そ》らすようにして俯いてしまった。

六

太助は押し黙ってしまい、季蔵は、

「寄場の英次さんには、あなたの他に親しい人はいなかったのでしょうか」

話を途切らせまいとした。

――太助さんが黙ってしまったのにはきっと何かある――

「中の一人に権三《ごんぞう》って奴がいてさ。英次さんが入ってくるまでは、こいつが寄場頭の龍太郎の目を盗んで寄場を仕切ってた。権三は博打場の元締の勘当された倅で、まあ、悪は悪なんだが、蛇の龍太郎の癇《かん》に障るようなことはしなかった。父親は勘当したそうだが、母親は思い切れず、何かと差し入れしてて、権三はいつも煙草《タバコ》や酒を隠し持ってたんだ。道場通いをしてたってえから、身体も出来てて、ツル（金）を差し出さない新入りへのいびりも含めて、寄場を仕切るにはうってつけの男だった。もちろん、強欲な蛇の奴がこいつに仕切らせてたのは、権三が殺すと脅して新入りから奪い取る、ツルのピンハネや、母親からの手厚い貢ぎ物が目的だったんだよ」

太助は権三の話になると打って変わって能弁だった。

「当然、弱いものをいじめるのは絶対許さないってえ、英次さんとは水と油だったんだろうね」

五助はさりげなく英次の名を持ち出した。

「ところがそうじゃあなかったんだ」

太助は得意げに話を進めた。

「権三が仲間にやった煙草がなくなったてえことで、俺じゃねえかって、つるし上げになりかけたことがある。もちろん言いがかりさ。寄場なんてとこにずっといると、弱いものをいじめることが余興になるんだ。そん時、英次さんはね、権三の片袖から見えてた煙草をすいっと摑み取って、土間に捨てて足で踏みつけてこう言ったんだ。〝そもそも、ここに、こんなもんがあるからいけねえんだろ？〟って。胸がすいたね、格好よかった。その頃は英次さんと権三は仲がよかった。年齢は権三の方が上だったが、俺と同じように兄貴って呼んでた。誰も逆らえない龍太郎を相手に、あれだけのことをされながら、泣き言一つ洩らさない英次さんの男気に、惚れてたんじゃないかと思うよ。英次さんが、何度も指を折られる罰を食らってまで会いたがってる相手が誰だかわかって、権三もみんなも大笑いした」

そこで太助は少し気を持たせて、

「誰も訊かなかったのは、世話になった火消しの頭が、重い病にでも罹ってるとばかり思ってたからさ。ある時、権三が〝もう逃げるのは止めとけ。相手が女ならわからねえでもないが、会いに行く頭だって、捕まるたびに、おまえの留め置きが長くなるんじゃ、あの世に行っても切なかろうよ〟って珍しく説教したんだ。すると英次さんは、〝火消しの頭は達者だよ。いい跡継ぎもいて俺が節介を焼くこともない。逃げてまで食いたいのは汁粉だよ、天女の汁粉だ。女に決まってる〟って大真面目《まじめ》な顔で言った」

「天女の汁粉というとお奈津さん？」

季蔵は念を押した。

「名前は忘れちまったが、天女小町とまで言われた汁粉屋の娘だそうだ。通りですれちがったとたん、身も心もかーっと燃えてきて、こいつの願うことは何でもしてやりたいって思ったんだとか――。そういう馴れ初めって、芝居じゃなくてもあるもんなんだねえ」

「それで金を積んでも売ってくれない下駄を盗んだんだな」

五助がつい洩らすと、

「よくそこまで知ってなさいますね」

太助の顔に警戒の色が走った。

「品川の船宿〝せせらぎ〟のお奈津さんに話を聞きました」

「へえ、そうですかい」

「お奈津さんはこの骸を供養なさるおつもりはないようです。このままでは無縁塚入りになりますが」

季蔵は太助を見つめた。

「弔いとは名ばかりの骨の投げ込みをいつまで待ってもらえる？」

「今日いっぱいです」

「わかった。なけなしの金を集めて何とかする」

そう言って太助は背を向けた。

太助が腰高障子を閉める音がしたとたん、

「季蔵さん、この骸、英次って人じゃないよ」

五助は左手のヒビ一つない、綺麗な五本の指を見つめていた。

「英次じゃなかったら、骸の主はいったい誰なんだい？　もう一体、どっかに英次の骸が埋まってるってことか？」

五助はしきりに首をかしげた。

「その答はお奈津さんに話してもらおう」

二人は品川の船宿まで走った。

そこにはもはや、お奈津はおろか誰の姿もなく、季蔵に宛《あ》てて以下のような文が遺されていた。


さっき太助という人が知らせに来てくれました。

いつか、こんな日が来るのではないかと思っていました。

土砂が崩れて見つかった骸は権三さんのものです。

人足寄場から放免になった権三さんは、あたしを訪ねてきて、天女汁粉を食べさせてくれと言いました。

そんなものはないと言うと、英次に食べさせていたのと同じものをと。

うちが出しているお汁粉はどれも粒餡汁粉の焼き餅入りです。

でもあたしは、英次さんだけには特別にこし餡汁粉を拵えていました。

これは煮た小豆餡を裏漉《うらご》しするだけの手間で、焼き餅ではなく、つるりとした白玉がよく合います。

英次さんはこれを自分だけの天女汁粉だと言ってくれて、これを食べたい、あたしに会いたいと言っていました。

ですから、英次さんが捕まったのはうちの店の中だったんです。


――天女汁粉には、指さえ犠牲にしてもいい価値があったのだ――

季蔵は強い感銘を受けた。

文はまだ続いている。


英次さんの大事なお友達のようなので、あたしは権三さんにもこのお汁粉を食べてもらいました。

権三さんが、留め置き五十年の英次さんを、無事逃がす手立てがある、二人が本気で添い遂げたいんなら、これしかないと計画を立ててくれたことも、頼りにするきっかけになりました。

何でも人足寄場の地面の下には、昔、昔、大泥棒が掘った道があって、そこを辿《たど》れば、見張りのいない場所に出られるとのことでした。

英次さんも承知していると言うのです。

「権三って、いい奴じゃないかよ」

五助はしきりに感じ入っていたが、

――それだけであってくれればよかったのだが――

季蔵は先を読むのが辛くなった。

だが文はまだ終わっていない。


そこはどうということのない草地でした。草地の中ほどに石の蓋が見えていて、それを開けた権三さんが下へ下りて行きました。

そして、ほどなく、男二人の声がして、どさっと大きな音が聞こえました。

あたしは権三さんの気持ちがわかっていました。

でも、わたしには英次さんがいるのです。

もしやと不安に駆られたわたしは夢中で穴の中に下りました。

穴の深さは五、六歳の子どもの背ほどで、中に立つと、蠟燭《ろうそく》と匕首《あいくち》を手にして、呆然《ぼうぜん》と立ち尽くしている英次さんが見えました。

権三さんは岩に頭を打ちつけて息絶えていました。

「迎えにきてくれたとばかり思っていた権三が、〝天女汁粉は俺のものだ〟と言って、匕首で向かってきたんで、取り上げようとしたところ、こんなことに――」

咄嗟《とっさ》にあたしは、英次さんの着ているものを脱がせて、権三さんのと取り替えさせ、二人してよじ登って穴から出ました。

「権三は親切ごかしに横恋慕してたってわけかぁ、悪党だよな」

五助の権三への評価は一変した。

文の行数があと少しとなった。

その後のことは申し上げるまでもありません。

権三さんのことは身を守るためには仕様がなかったとはいえ、英次さんの身代わりでの供養は余りに白々しいと思い、お断りいたしました。

あの世の権三さんだってきっとうれしくはないでしょう。

あたしたちはこの日を覚悟して準備してきました。

あたしはこれからも天女汁粉を作り続けるつもりです。

そこで長い文が終わっていた。

七

番屋に置かれていた骸は、十五年前人足寄場から姿を消した、元火消しの英次のものと断じられ、太助に引き取られて行った。

「棒手振りが身内でもねえもんの骸を引き取ろうってえんだから、たいしたこころがけさね。えれえもんだ。だが、供養の墓は安かねえ。いったい金の工面はどうしたんだろうな」

松次は季蔵と五助の顔を交互に見たが、その先は何も言わなかった。

そんなある日、松次が田端と一緒に塩梅屋を訪れた。

季蔵は岡っ引き崩れだという、蛇の龍太郎の話を聞いてみたくなった。

――今も冷酷で強欲な気性は変わらず、悪事に手を染めているような気がする。世の中はあの夫婦のように、強い絆を保つことのできる、気力と運に恵まれている者ばかりではない。弱い人たちを踏みつけにしていなければいいが――

「幸橋御門東《さいわいばしごもん》、寄合町にある口入屋《くちいれや》の青葉屋《あおばや》を知ってるだろう?」

おき玖が酒の入った湯呑みを手元に置いたばかりだというのに、珍しく田端が松次より先に口を開いた。

「ここ何年かの間に急に財をなしたと聞いてはいます」

「龍太郎は卯吉《うきち》という大人しい名前に改めて、青葉屋の主に納まっている。だがな、店の名や改名には似合わぬ悪行を働いているらしいことがわかった」

「その悪行とは？」

「芳三《よしぞう》殺しがあった段兵衛《だんべえ》長屋にも勝るとも劣らないボロ長屋が金杉橋の先にある。この長屋の裏手には、雪景色が綺麗な松林が広がっていて、やはり、そこにまた、高級な雪見茶屋を建てる計画が進んでいたそうだ。たまたま、わしがその長屋の前を通りかかって、住人たちに因縁をつけていたごろつきの一人を捕らえて締め上げた」

「この先が凄いのさ、さすが、田端様、奉行所一」

甘酒を啜りつつ、松次は巧みに相づちを打った。

田端はふんと鼻で笑って先を続けた。

「誰に頼まれたかと詰め寄ったところ、名も顔も知らないが、呼ばれて入った料理屋の縁先に座っていると、縁側の奥の障子が開いて、追い出しのための仕事料二両が投げられてきたという。その時、袖がまくれて蛇と龍がおかしな形に睦《むつ》み合いつつ、人の首を絞めている、気味の悪い彫り物が見えたそうだ」

「蛇の龍太郎の刺青は右腕にあった。俺も一度は見たことがある。化け物に取り憑《つ》かれた人の末路でも見せられたような、何ともいやーな気分にさせられる彫り物だ。背中じゃ、ちょいちょいは見せにくいからってえのが、わざわざ右腕に彫らせた理由だそうだ」

「ということは、大家の源造《げんぞう》を遣い、中島《なかじま》先生を操って芳三を殺させ、段兵衛長屋の追い出しを画策していたのも青葉屋卯吉、いや、蛇の龍太郎かもしれません」

「その通りだが、右腕に蛇と龍が彫られていたというだけでは、青葉屋卯吉を捕縛はできぬ」

「どうしてでございます？　ごろつきと松次親分の二人して、滅多にない絵柄を見極めているではありませんか？」

「人の仕事の世話をする口入屋がその気になれば、外に出せない不始末を含むよろず相談処に早変わりできる。蛇の龍太郎の今の成功は、幕府の御重役をも含む上の弱みを手中にして、よしみをはかってきたからだろう。顔を見ているならいざしらず、奇っ怪な彫り物ごときで縄を掛けることなど許されはしない。腹を切る覚悟で捕らえても、お白州に引き出す前に、その彫り物が消されてしまっていてもおかしくはない」

田端はたて続けに酒を呷った。

「確たる証が要るんだよ」

松次も釣られてぐいぐい甘酒を飲み続けた。

――何とも腹立たしい話だ――

季蔵も悔しさは同じだった。

伊《い》沢《ざわ》蔵《くら》之《の》進《しん》が愛犬となったシロを伴って訪れたのは、それから十日ほど過ぎた昼どきであった。

このところ、塩梅屋では大鍋に汁粉を煮ている。

立ち寄る客たちは昼夜の別なく汁粉を好んだ。

「汁粉か、いいねえ。上方じゃ、こういう粒の汁粉をぜんざいって言うんだそうだよ。小豆の粒を漉《こ》したのだけが汁粉なんだと」

蔵之進は三杯の汁粉をぺろりと平らげ、シロは酒を少々垂らした甘酒を舐《な》めた。

「昨日、また大雨が降ったろう？　また仏さんが出てさ。見つけたのはもちろん、このシロだよ。おまえは凄い奴だよ、まったく」

蔵之進は愛《いと》おしそうにシロの頭を撫でた。

「ワンワンワワンワンワンリン」

シロは自分が褒められた時に限って、食べ物の美味い、不味いを見極めた時とはちがった鳴き方をする。

尾を振っているだけではなく、気のせいか、顔と胸を反らせて威張っているようにも見えた。

「大雨で土砂が崩れて見つかる骸といえば骨ですね」

「二体の男女だ。骸は見慣れてるからどうってことないんだが、男の方が握りしめてたこれが何ともさ――」

蔵之進の目が細められて、握った手が開かれた。

――あっ――

季蔵は心の中で叫んだ。

「変わった根付けですね」

象牙《ぞうげ》でできた根付けは蛇と龍が人の首を絞めている。

「北のカラス殿にこれを届けてくれると有り難い。わかっていると思うが、南のお奉行の吉川《よしかわ》様では闇《やみ》に葬られてしまう」

「わかりました」

この後、蔵之進はもう二杯汁粉を食べ、

「ご褒美ね」

おき玖はシロのために、甘酒に注ぐ酒を少しだけ増やしてやった。

季蔵からの文を読み、夕方になって訪れた烏谷は、

「寒いうちは汁粉に限る」

夕餉代わりに汁粉を蔵之進同様五杯食べてから、蛇と龍と人の根付けに、大きな目を凝らし、

「これで青葉屋卯吉、蛇の龍太郎が積み重ねてきた積年の悪事を罰することができる。だが、これを誰から預かったかは訊かぬことにしよう。こやつのために痛めつけられたり、無念に死んでいった者たちも、やっと浮かばれるというものだ」

声を掠《かす》れさせた。

――お奉行様は段兵衛長屋の芳三殺しの黒幕を探れとわたしにおっしゃったが、あの時、すでにもう目星はつけておられたのだろう――

「青葉屋は弱い者への仕事斡旋《あっせん》を看板にしていたわりには、店構えが広くなるのが早く、

大店の駕籠《かご》が裏木戸に止まっていたり、頭巾《ずきん》を被った身分のある方々が夜な夜な出入りしているという話も聞いていた。それにしても、蛇の龍太郎ほどの悪党はなかなかいないものだ。今回、骸で見つかった二体の男女は、朽ちずに残っていた道中手形から、当時、かなり大きく賭場《とば》を仕切っていた元締夫婦で、人足寄場を放免になった権三の両親《ふたおや》だった。権三は赦されて娑婆に出た後、また、ふらりと姿を消してしまったと聞いている。勘当はしたものの、父親は母親に泣かれて、倅探しに龍太郎に心当たりを訊ね、いつしか、悪党に嵌《は》められてしまったのだろう。あのようなところで殺されて埋められていたのは、有り金を持って、心当たりの場所へと、倅探しの旅に出るようにとでも言われたのだろうな。そして、この血で汚れた金を元手に、さらに汚い商いを広げていった。人の弱みに付け込んで何と非道な——許せん」

烏谷は掠れた声を張り上げ、顔を怒りで真っ赤に染めた。

権三の父親の骸が握っていた根付けが確たる証となって、幕府重役への如何《いか》なる悪あがきの奔走も無に帰して、蛇の龍太郎は市中引き廻しの上獄門（晒《さら》し首）に処せられることとなった。

市中に身寄りがなく墓を持っていなかった権三の両親の骸は、やはりまた、太助が引き取って行った。

これを季蔵に告げた松次は、

「太助は英次だけではなく、権三の両親にも世話になってたんだろうが、また葬式を出すとなるとたいした物入りだねえ」

この時は、もうどこにそんな金があるのかとは言わなかった。

これを季蔵は五助に告げた。

「秘密は守れよ」

念を押すと、

「俺、夢ん中で骸二体を引き取ってった太助さんの後を尾行《つけ》たんだ。太助さんの隣でがっちりした男と綺麗な女が一緒に手を合わせてた。どうってことのない冬の怪談噺《かいだんばなし》さ」

うつむき加減に応えて押し黙った。

権三やその両親の供養のための金は、お奈津と英次が工面したに違いないと季蔵は思っている。

――想い想われつつ、添い遂げようとしている二人が決して捕まらないよう、逃げ延びてほしい――

季蔵は、ふと天女汁粉に願をかけてみることにした。

お奈津の文にあったように、小豆を漉して作る天女汁粉は上方の汁粉である。

――二人はおそらく、英次さんが漁に使っていた舟で、上方に向かったような気がする――

お奈津は天女汁粉には、餅ではなく白玉が合うと書いていた。

季蔵は白玉粉を練って、水を張った鍋を沸かして白玉を一つ、また一つと浮かべていく。

小豆を漉した汁粉の中に掬い入れて食べてみた。
何とも上品な滑らかな風味だった。
——白玉は夏の食べ物だが、寒い時の白玉は天女汁粉だけに限る——
すると、鍋に浮かんでいる白玉の一つが瑠璃の顔に変わって見えた。
季蔵は年が明けてから追われて忙しく、まだ瑠璃の顔を見ていなかった。
——瑠璃に会いたい——
季蔵は強くそう想った。
「瑠璃、瑠璃、瑠璃」
そう呟きつつ、次々に鍋の白玉を掬い上げて、水を張った鉢に落としていく。
「わたしと瑠璃も、英次さんとお奈津さんのように何があっても——」
後は熱くこみあげてくるものがあって、言葉が続かなかった。

〈参考文献〉

『聞き書 アイヌの食事』「日本の食生活全集48」萩中美枝他編（農山漁村文化協会）
『聞き書 福井の食事』「日本の食生活全集18」小林一男他編（農山漁村文化協会）
『毎日食べたい海苔レシピ』山本海苔店著（徳間書店）
『旬を楽しむ81の簡単レシピ ふだん着の薬膳』日本中医食養学会編（朝日新聞出版）
『御前菓子をつくろう』現代語訳 鈴木晋一 菓子再現 永見純、日本菓子専門学校（ニュートンプレス）

本書は、時代小説文庫（ハルキ文庫）の書き下ろし作品です。

時代小説文庫

わ 1-29

恋《こい》しるこ 料理人季蔵捕物控《りょうりにんとしぞうとりものひかえ》

著者　和田《わだ》はつ子《こ》

2014年12月18日第一刷発行

発行者　角川春樹

発行所　株式会社 角川春樹事務所

〒102-0074 東京都千代田区九段南2-1-30 イタリア文化会館

電話　03(3263)5247[編集]　03(3263)5881[営業]

印刷・製本　中央精版印刷株式会社

フォーマット・デザイン&シンボルマーク　芦澤泰偉

ISBN978-4-7584-3866-7 C0193

http://www.kadokawaharuki.co.jp/[営業]
fanmail@kadokawaharuki.co.jp[編集] ご意見・ご感想をお寄せください。

時代小説文庫

和田はつ子

雛の鮨

料理人季蔵捕物控

書き下ろし

日本橋にある料理屋「塩梅屋」の使用人・季蔵《としぞう》が、手に持つ刀を包丁に替えてから五年が過ぎた。料理人としての腕も上がってきたそんなある日、主人の長次郎が大川端に浮かんだ。奉行所は自殺ですまそうとするが、それに納得しない季蔵と長次郎の娘・おき玖は、下手人を上げる決意をするが……（「雛の鮨」）。主人の秘密が明らかにされる表題作他、江戸の四季を舞台に季蔵がさまざまな事件に立ち向かう全四篇。粋でいなせな捕物帖シリーズ、第一弾！

和田はつ子

悲《ひ》桜《ざくら》餅《もち》

料理人季蔵捕物控

書き下ろし

義理と人情が息づく日本橋・塩梅屋の二代目季蔵は、元武士だが、いまや料理の腕も上達し、季節ごとに、常連客たちの舌を楽しませている。が、そんな季蔵には大きな悩みがあった。命の恩人である先代の裏稼業〝隠れ者〟の仕事を正式に継ぐべきかどうか、だ。だがそんな折、季蔵の元許嫁・瑠璃が養生先で命を狙われる……。料理人季蔵が、様々な事件に立ち向かう、書き下ろしシリーズ第二弾！

時代小説文庫

和田はつ子
あおば鰹《がつお》
料理人季蔵捕物控

書き下ろし

初鰹《はつがつお》で賑わっている日本橋・塩梅屋に、頭巾を被った上品な老爺がやってきた。先代に〝医者殺し〟（鰹のあら炊き）を食べさせてもらったと言う。常連さんとも顔馴染みになったある日、老爺が首を絞められて殺された。犯人は捕まったが、どうやら裏で糸をひいている者がいるらしい。季蔵は、先代から継いだ裏稼業〝隠れ者〟としての務めを果たそうとするが……（「あおば鰹」）。義理と人情の捕物帖シリーズ第三弾、ますます絶好調。

和田はつ子
お宝食積《くいつみ》
料理人季蔵捕物控

書き下ろし

日本橋にある一膳飯屋〝塩梅屋〟では、季蔵とおき玖が、お正月の飾り物である食積の準備に余念がなかった。食積は、あられの他、海の幸山の幸に、柏や裏白の葉を添えるのだ。そんなある日、季蔵を兄と慕う豪助から「近所に住む船宿の主人を殺した犯人を捕まえたい」と相談される。一方、塩梅屋の食積に添えた裏白の葉の間に、ご禁制の貝玉（真珠）が見つかった。一体誰が何の目的で、隠したのか!? 義理と人情の人気捕物帖シリーズ、第四弾。

時代小説文庫

和田はつ子
旅うなぎ
料理人季蔵捕物控

書き下ろし

日本橋にある一膳飯屋〝塩梅屋〟で毎年恒例の〝筍尽くし〟料理が始まった日、見知らぬ浪人者がふらりと店に入ってきた。病妻のためにと〝筍の田楽〟を土産にいそいそと帰っていったが、次の日、怖い顔をして再びやってきた。浪人の態度に、季蔵たちは不審なものを感じるが……（第一話「想い筍」）。他に「早水無月」「鯛供養」「旅うなぎ」全四話を収録。美味しい料理に義理と人情が息づく大人気捕物帖シリーズ、待望の第五弾。

和田はつ子
時そば
料理人季蔵捕物控

書き下ろし

日本橋塩梅屋に、元噺家で、今は廻船問屋の主・長崎屋五平が頼み事を携えてやって来た。これから毎月行う噺の会で、噺に出てくる食べ物で料理を作ってほしいという。季蔵は、快く引き受けた。その数日後、日本橋橘町の呉服屋の綺麗なお嬢さんが季蔵を尋ねてやって来た。近々祝言を挙げる予定の和泉屋さんに、不吉な予兆があるという……（第一話「目黒のさんま」）。他に、「まんじゅう怖い」「蛸芝居」「時そば」の全四話を収録。美味しい料理と噺に、義理と人情が息づく人気捕物帖シリーズ、第六弾。ますます快調！

和田はつ子の本

青山骨董通りのダイヤモンド

青子の宝石事件簿2

「ファンシーカラーダイヤを委託なさってみませんか？」相田宝飾店のネットショップで呼びかけたところ、若くて綺麗な女性が、レッドダイヤやブルーダイヤのリングなどを持ち込んだ。青子《おうこ》はすぐさま本物だと大喜びするが、そのリングは果たして……。青子たちは、宝石を巡る様々な難問題に果敢に挑む！　宝石に込められた大切な人への深い愛が心に染みる、大注目の傑作探偵小説第二弾、書き下ろしで登場。